Los muchachos de la calle Ruiz

Diane Gonzales Bertrand

Traducción al español de

Gabriela Baeza Ventura

PIÑATA BOOKS
ARTE PÚBLICO PRESS
HOUSTON, TEXAS

Para los muchachos del barrio de la calle Ruiz y de la avenida Texas con cariño

Esta edición ha sido subvencionada por la Ciudad de Houston por medio del Houston Arts Alliance y por el Exemplar Program, un programa de Americans for the Arts en colaboración con LarsonAllen Public Services Group, fundado por la Fundación Ford.

¡Los libros Piñata están llenos de sorpresas!

Piñata Books
An imprint of
Arte Público Press
University of Houston
452 Cullen Performance Hall
Houston, Texas 77204-2004

Ilustraciones de Laredo Publishing
Diseño e ilustración de la portada de Giovanni Mora

Bertrand, Diane Gonzales.
The Ruiz Street Kids = Los muchachos de la calle Ruiz / Diane Gonzales Bertrand; Spanish translation by Gabriela Baeza Ventura.
p. cm.
ISBN 978-1-55885-321-8
I. Ventura, Gabriela Baeza. II. Title. III. Title: Muchachos de la calle Ruiz.
PZ73.B4448 2006
2006043235

El papel utilizado en esta publicación cumple con los requisitos del American National Standard for Information Sciences—Permanence of Paper for Printed Library Materials, ANSI Z39.48-1984.

8 9 0 1 2 3 4 5 6 7 10 9 8 7 6 5 4 3 2

Capítulo uno

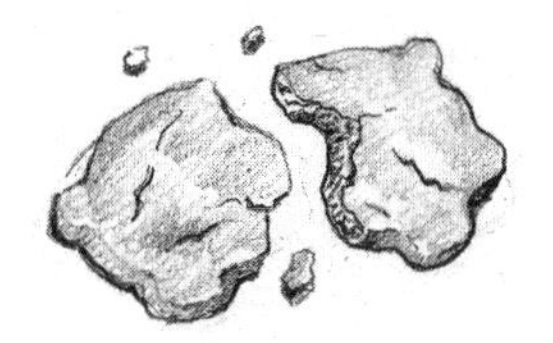

El muchacho en la bici

Mis hermanos mayores llegaron a casa con cuentos de un niño llamado David. Dijeron que el muchacho pelirrojo se paseaba por la calle Ruiz en una vieja bici verde. Dijeron que les gritó —Soy David, ¡no se metan conmigo! —y que los amenazó con el puño.

Este muchacho no iba a nuestra escuela. Nadie sabía dónde vivía. Aparecía de la nada paseándose por la calle Ruiz y gritándole cosas a mis hermanos. Mike y Gabe podrían haber dicho: "Qué importa", pero había algo raro. Cada vez que veían a David, éste se paseaba en una bici diferente. Debía estar robándolas, ¿cierto? Y si robaba bicis, entonces también robaba otras cosas, ¿verdad? Sólo un chico malo haría eso, ¿cierto?

Aproximadamente una semana después de que mis hermanos vieron a David por primera vez, encontramos una zarigüeya muerta en nuestro patio. Todos estuvimos de acuerdo en que David la dejó allí. Mike me dijo: —Joe, ¡ese tipo es tan malo

que las zarigüeyas caen muertas al verlo! —y yo lo creí.

Ese mismo día por la tarde finalmente vi a David con mis propios ojos. Mi hermana, mis hermanos y yo caminábamos a casa de la panadería. Miré boquiabierto al muchacho que nos tapó el paso con su bici.

Su cabello corto me recordaba al viejo cepillo que Mamá usaba para limpiar, pero este cepillo parecía haber tallado ladrillos rojos todo el día. El muchacho tenía labios gruesos y una nariz ancha y plana. Parecía un triángulo al revés porque sus hombros eran anchos y su cuerpo era delgado. Su piel café estaba bien quemada por el sol.

David se sentó en la bici de largo asiento rojo y cuadro blanco sucio. Parecía que se la había robado de una chatarrería. Llevaba una camiseta cuyas mangas habían sido cortadas y unos pantalones de mezclilla bien gastados que habían sido cortados justo debajo de las rodillas. No llevaba calcetines dentro de sus sucios tenis de básquetbol.

Gran parte del peso de David se balanceaba en una pierna mientras estaba estacionado en el callejón entre la panadería y la florería. Todavía nos faltaba una cuadra para llegar a casa.

—Ponte detrás de mí, Joe, —dijo Mike y me jaló detrás de él. Yo tenía ocho años y jamás me movía tan rápido como mis hermanos querían.

Mi hermano mayor Gabe se paró al lado de Mike. Nuestra hermana Tina se acercó. Formaron una pared entre David y yo.

—¿Tienen pan dulce en esa bolsa? Yo quiero —dijo David.

Gabe no dijo nada. Era callado, gordito, y usualmente dejaba que Mike hablara. Mike era un año menor, delgado y huesudo. Él corría más rápido que el resto de nosotros.

—No tenemos nada para ti, David —Mike le dijo—. Lárgate.

David se enderezó, sus piernas quedaron firmemente plantadas a ambos lados de la bici. Miró a Mike con sus ojos entornados. —Me gusta el pan dulce. Quiero que me den.

Tal vez si Abuela Ruth hubiera estado con nosotros, y David se viera hambriento, habría recibido un pan dulce. Pero ese día David se veía malo, no hambriento. Y esas palabras de Jesús que la hermana Arnetta nos había dicho en la clase de religión sobre dar de comer a los hambrientos no contaban con David. Mike nos dijo que David robaba cosas. ¿Por qué íbamos a compartir algo con él?

Sólo mi hermana mayor Tina era el tipo de chica que daba de comer a los gatos callejeros y cuidaba de los pajaritos que caían de los árboles. Ella quería a la hermana Arnetta aunque todos la llamaran "hermana Espantosa". Tina empezó a abrir la bolsa.

—¡No! —gritó Mike tan fuerte que todos saltamos—. No tenemos que darle nada a David. ¡Compra tu propio pan! ¡Lárgate de aquí!

La voz de Mike me dio miedo. David dejó que la bici cayera en el pasto. Eso también me asustó. De repente, David saltó por encima de la bici. Intentó quitarle la bolsa a Tina.

—¡Oye! —gritó Gabe, listo para moverse ahora que parecía que Tina podía salir herida. A Gabe no le gustaba pelear, pero cuando algo tenía que ver conmigo o con Tina, era como un buldog.

David se aferró a la bolsa. Gabe y Mike hicieron lo mismo. Tina también la agarró. Ése fue el momento cuando salté de detrás de ellos. Pateé la pierna flaca de David tan fuerte como pude.

David gritó y me empujó con su hombro. Caí encima de Tina y me agarré de su cabello para no caerme. Ella lloró y me empujó. Me resbalé con unas piedras. Me caí hacia atrás, encima de un millón de espinas que se me encajaron en las manos como un millón de agujas. ¡Ay! Me empezaron a salir las lágrimas cuando me levanté. Me vi las manos. Unas espinas duras y cafés cubrían la suave piel de mis palmas. Lloré aún más fuerte.

Gabe tiene que haber pensado que David me hizo llorar. Le pegó a David debajo de la barbilla. David cacheteó a Mike. Mike pateó y escupió. Tina gritó, —¡Suéltalo, suéltalo!

Todos hicieron tanto ruido que nadie escuchó cuando se rompió la bolsa. Los panes, las galletas de canela y nuestro pan dulce para el desayuno, todo se cayó al suelo.

David aulló con risa y pisoteó uno de los panes. Mike lo empujó. David gritó, —¡Eso es lo que se merecen! —y se montó en la bici de nuevo. Se paseó por el callejón gritando y riendo como si todo fuera divertido.

—Ay, hombre, —dijo Mike cuando Gabe dijo —¡Ay, no!

—¡Joe, deja de llorar, grandullón! —Tina me gritó.

—¡Mis manos! ¡Mis manos! ¡Tengo espinas! —grité fuertemente con lágrimas en los ojos, con la nariz congestionada y atragantándome. Me dolían las manos. Todo nuestro rico pan estaba en la tierra y en el pasto seco del callejón. Lloré aún más fuerte.

—Vamos, tenemos que recoger esto —dijo Gabe. Tomó la parte inferior de su camiseta negra e hizo un bolso para llevar el pan dulce a casa—. Debimos haberle dado una pieza de pan.

—¡Eso es lo que iba a hacer! ¿Mike, por qué dejaste que David tomara la bolsa? —les gritó Tina mientras me agarraba. Me sacó las espinas de la mano. Yo gritaba "ay" cada vez que jalaba una.

—Joe, ¡estate quieto!

—No tenemos que compartir con David —dijo Mike. Se puso de rodillas y empezó a recoger las piezas de pan. Le sopló a cada una—. ¡No puede tomar lo que se le antoja!

—Todo está sucio —dijo Tina recogiendo su pieza de pan dulce favorita, un cochinito. La colocó en la bolsa rota y recogió otro cochinito del suelo—. Mamá nos va a regañar.

Intenté recoger algunas galletas, pero se desmoronaron en mis manos adoloridas. Las lágrimas rodaron por mis mejillas una vez más. Nuestro pan dulce estaba arruinado, yo me había caído en las espinas y encima Mamá se iba a enojar con nosotros. Todo era culpa de David.

Recogimos lo que pudimos poner en la camiseta de Gabe. Tina cargó el resto en la bolsa rota como una canasta. Encontré un pedazo de galleta que no parecía tan sucio y empecé a comerlo.

—¡Joseph Silva! ¡No debes comer eso! Por lo menos no hasta que no le hayas hecho una cruz, así no te hará daño la tierra —me dijo Tina.

Vi la galleta. Mi cara aún estaba mojada. Mi mano estaba adolorida. Necesitaba que Jesús me protegiera de un dolor de estómago si comía una galleta sucia. Así es que con un dedo le hice una cruz chueca a la galleta.

—Debemos hacerle cruces a todo este pan —dijo Gabe—. ¿Debemos hacerlo ahora o cuando se lo enseñemos a Mamá?

—Bueno, si esperamos y Mamá nos ve, a lo mejor sabrá que lo sentimos —dijo Tina.

Empezamos a caminar a casa, pero Mike nos dijo —¡Esperen!

Volteamos. Mike pisoteó los pedazos de galletas y las migajas de pan que no habíamos recogido. —Si David regresa, no quiero que tome nada de esto.

Todo pisoteamos lo que quedó en el piso. Nos fuimos cuando quedamos conformes de que no quedaban nada más que migajas para las hormigas.

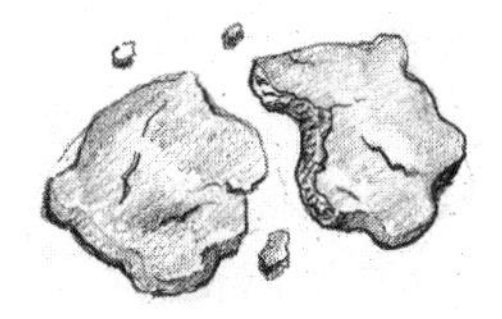

Cuando regresamos de la panadería, Gabe, Mike y Tina describieron la pelea con David como si fuesen diez niños en vez de uno los que nos atacaron. Todos culpamos a David por lo que pasó.

Los ojos cafés de Mamá brillaron cuando apretó los labios. Movió la cabeza y tomó el limpiador. Les dijo a Gabe y a Mike, —Debieron haberle dado pan a ese chico. Ahora *todos* tenemos que comer pan con tierra.

—Hágale la cruz, Mamá —le dije—. Así lo podrá comer.

La vimos suspirar y sonreír. Eran *sus* palabras las que seguíamos. "Límpienlo, háganle la cruz y cómanlo" decía cuando tirábamos un trozo de pan al suelo o si alguien tiraba papitas del plato. "No pueden desperdiciar la comida, cuesta mucho dinero" nos decía.

Ese día Mamá nos hizo tomar un limpiador y sacudir toda la tierra que viéramos en los panes. Sacamos pasto y hasta una astilla del pan que David nos hizo tirar. Tina le hizo cientos de cruces a los cochinitos para poder comerse uno ahora y otro más tarde. Me gustó cuando Mamá me pasó un cubo de hielo sobre las marcas rojas que dejaron las espinas en mis manos. Me dio un beso y un trozo de pan dulce cubierto de azúcar de chocolate. No le vi tierra por ningún lado.

Gabe y Mike fueron en sus bicis a la casa de los Guerra. No podían esperar para contarles a Albert y a Tony lo que pasó con David. Los Guerra eran como otro par de hermanos mayores para mí y vivían a media cuadra en la calle Ruiz.

Tina y yo nos sentamos en la galería comiendo nuestro pan dulce y compartiendo un refresco de botella. Estábamos discutiendo quién había tomado más cuando vimos que un camión dio vuelta en nuestra calle. Usualmente no poníamos atención a las camionetas. Nuestro papá tenía una para trabajos de soldadura. Pero esta camioneta era de color amarillo brillante y jalaba a un trailer como una caja amarilla sobre ruedas.

El camión se detuvo al otro lado de la calle. A dos casas de la nuestra. La señora Flores había muerto la Navidad pasada y su casa blanca con la galería de columnas color rosa fuerte había estado vacía por varios meses.

—¡Mira! Vecinos nuevos —dije—. ¿Tendrán hijos?

La escuela había terminado y yo quería tener mi propio amigo con quien jugar. Gabe y Mike me dejaban jugar al béisbol con ellos y los demás muchachos a veces, pero la mayoría de las veces se montaban en sus bicis y me dejaban atrás. Tina podía caminar a casa de Tía Rebe y jugar con mis primas Diana y Margie. Mis dos hermanos menores aún eran muy pequeños. Yo quería un amigo de mi tamaño.

No mucho tiempo después de que el camión se estacionara frente a la casa de la señora Flores, una furgoneta blanca se estacionó en el porche. El auto del vecino era más chico que el auto azul de Mamá.

Una mamá y un papá se bajaron de los asientos de enfrente. Él era bajo y ella alta. La puerta trasera se abrió y una niña del tamaño de Tina se bajó. Su cabello era tan largo como el de Tina, excepto que el de esta niña era negro y lacio. La vi bajar a dos niñitas que llevaban vestidos azules idénticos. ¡Niñas! ¿Qué podría ser peor que eso?

Entonces vi que un niño saltó de la parte posterior de la furgoneta. Saltó, perdió el balance, y se cayó al suelo.

Tina se rió. —¡Se cae como tú!

Le saqué la lengua a mi hermana.

Dos hombres en uniformes azules empezaron a cargar cosas del camión a la casa. Hablamos acerca de ayudarles, pero ni los niños ni los papás volvieron a salir de la casa después de que entraron. Finalmente, Mamá le pidió a Tina que entrara para cuidar de mis hermanitos mientras ella preparaba la cena. Me quedé solo mirando lo que sucedía al otro lado de la calle.

Me senté y miré a los hombres cargar los muebles a la casa. Me quedé allí hasta que Gabe y Mike regresaron, Papá llegó de un trabajo de soldar y me dieron ganas de cenar.

—Joe, entra —Mamá gritó justo cuando el niño salió. Tenía pelo negro como yo. Desde donde yo estaba sentado, se veía de mi tamaño. Me paré en las escaleras de la galería y lo observé. Él se paró en su galería y me observó.

Finalmente levantó la mano como lo hacemos en la escuela cuando queremos hacer una pregunta. Yo también levanté la mano. Él llevaba una camiseta a rayas y pantalones cortos azules. No andaba descalzo como yo, llevaba calcetines blancos y zapatos negros brillantes. Empezó a caminar por la acera. Yo bajé los escalones. No sabía si él iba a cruzar la calle. ¿Sería su mamá como la mía? Siempre me decía, "Quédate en el patio donde me puedas escuchar si te llamo". ¡Cuánto deseaba pasear por la calle Ruiz como lo hacían mis hermanos!

Primero necesitaba una bici que no tuviera una llanta desinflada todos los días. También quería un amigo que paseara a mi lado. ¿Tendría ese niño una bici? Yo sabía que tenía camas, un sofá, un librero, un refrigerador y un piano. Aún no había visto juguetes.

Para entonces el niño ya se había movido al otro lado del camión amarillo. Sólo podía ver sus hombros y piernas.

—¿Joe? ¡Es hora de cenar!

Corrí hacia el final de la acera. Quería ver cómo se veía el niño. Me detuve en la curva. Parecíamos ser del mismo tamaño. Sus piernas y brazos eran cafés como los míos. Entonces vi de cerca. El niño tenía los ojos rasgados. ¿Hablaría inglés?

Hizo una pequeña reverencia. Su cabello negro era corto y brillante. Luego dijo, —¡Ki!

—Hola —le grité.

Volvió a hacer una reverencia y dijo, —¡Ki!

—¡Hola!

—¡Ki!

—¡Hola!

Hicimos esto una y otra vez por lo menos seis veces y al final dije, —Joe, me llamo Joe.

Él sólo hizo una reverencia y volvió a decir, —¡Ki!

Me rasqué la cabeza y lo miré.

—¡Joe, me llamo Ki!

—¡Ya, te llamas Ki! —Me reí de nuestra tonta confusión. Apunté a Ki al mismo tiempo que apreté mi estómago. De repente, tambaleé fuera de la curva.

Mis pies descalzos dieron un brinquito a la calle. Caí en una rodilla. Piedritas de asfalto se me metieron en la piel, pero no me dolió mucho. No tanto como las astillas.

Me levanté y me senté en la curva. Le sonreí a Ki. Él se sentó en la curva de su lado de la calle Ruiz. Me sonrió. Ki se veía pequeño al lado del gran trailer amarillo.

Tina llamó desde la puerta de enfrente. —¡Joe, dice Mamá que te metas!

Gruñí. ¿A quién le interesaba comer cuando había un niño nuevo con quien platicar? Me levanté. —Debo entrar. ¿Podemos jugar más tarde? —le grité a Ki.

—Claro —me respondió. Se levantó y se despidió con la mano.

Yo levanté mi mano pero algo llamó mi atención. Vi a lo lejos de la calle a un niño que paseaba en una bici azul. Yo sabía que era David, y mis hermanos tenían razón. Ya no paseaba en la vieja bici blanca con el asiento rojo. Paseaba en una azul con una bocina en el manubrio. Pitó una y otra vez.

¿Recordaría David, el niño malo, que lo había pateado en la pierna? Sin mis hermanos mayores a mi alrededor, me dio miedo. Le grité a Ki, —¡Corre!

Entornó sus ojos almendrados. —¿Qué?

—¡Corre! —grité e hice lo mismo. Mis pequeñas piernas se movieron más rápido que nunca. Mis pies apenas tocaban el poco pasto del patio. Ni siquiera me di cuenta cuando llegué a la acera. Estaba tan contento cuando abrí la puerta de tela metálica de nuestra casa.

No volteé hacia atrás hasta que la puerta se cerró fuertemente. Enganché el pasador plateado. Sólo entonces me asomé. A través de la brumosa vista gris de la puerta de tela metálica, vi que Ki no había corrido. Sólo se paró detrás del camión. Podía ver su pequeña cara café asomándose por la esquina.

David tocó el pito chirriante mientras se paseaba por la calle Ruiz.

No vio que Ki estaba escondido detrás del camión. Cuando David dio vuelta en la esquina, vi que las piernas de Ki se movieron a lo largo del camión, hasta que él también desapareció dentro de su casa. Por lo menos mi nuevo amigo estaba a salvo, a salvo de David.

Capítulo dos

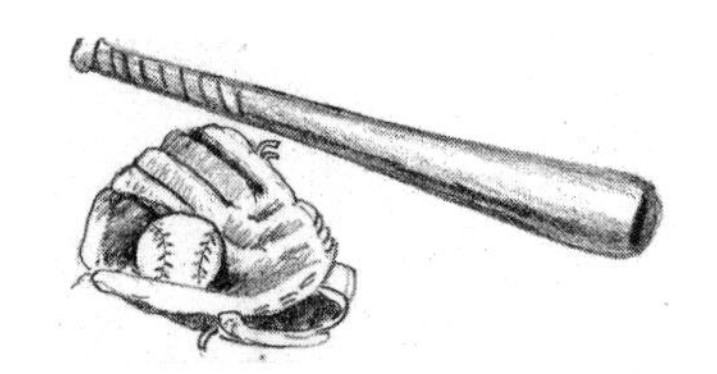

¿Quién tiene la pelota?

Una vez que empezábamos, nuestras historias sobre David se estiraban y se alargaban como una bola de chicle.

—Apuesto que su casa se ve como una chatarrería —dijo Gabe—. Probablemente hay miles de bicis robadas por todos lados.

—Ya saben que no tiene nada que no se roba —dijo Mike—. Una vez vi que David llevaba los mismos jeans que el señor Flores colgaba en su tendedero de ropa.

—Probablemente reprobó el segundo grado tres veces —dijo Albert Guerra. Era un muchacho bajo y delgado con grandes orejas. Él y Gabe empezarían el sexto grado juntos el próximo año.

—Apuesto que va a una escuela donde buldogs cuidan la oficina del director —dijo Tony, el hermano menor de Albert. Tenía millones de pecas y las mismas orejas grandes.

—Si no fuera porque nada en la piscina, jamás se daría un baño —dijo Albert.

—Duerme en una cama de clavos. Por eso es que es tan malo —Mike les dijo a todos.

Le habíamos dado la bienvenida a Ki al barrio con historias de David. Le advertimos inmediatamente que protegiera sus cosas. Su bate, su pelota y su guante eran más nuevos que los nuestros. Ki no tenía bici, pero dijo que quería una para su cumpleaños el próximo mes.

Aún no habíamos conocido al resto de la familia de Ki, cuando nos contó que su mamá pensaba que algo se estaba comiendo la comida del gato en el patio. Decidimos que tenía que ser David.

—Probablemente cree que la comida de gato es deliciosa —dijo Ki, agregando su historia aunque ni siquiera había conocido a David.

Su encuentro se dio una semana después cuando estábamos en el lote de Smitty jugando al béisbol. Smitty tenía un largo nombre polaco que ninguno de nosotros recordaba. Era médico y trabajaba en una clínica detrás del supermercado desde que nuestros papás eran niños. Cuando el nieto de Smitty visitaba, podíamos jugar en su lote. La señora Smitty tenía miedo que "Arthur querido" fuera atropellado por un auto mientras jugaba al béisbol en la calle, así es que nos hicimos amigos de "querido" (quien prometió pegarle al próximo muchacho que lo llamara así) y acabamos jugando béisbol en el lote de su abuelo donde el pasto verde era grueso y fresco. No importaba si la pelota caía demasiado lejos hacia la derecha como para que alguien nos persiguiera y nos sacara. Poníamos cualquier excusa para resbalarnos en la base cuando jugábamos donde Smitty.

Arthur tenía la piel tan blanca como el pegamento. Alguien le había cortado su pelo amarillo cortito y puntiagudo. Estaba gordito por comer las tartas y los pasteles de su abuela. Para nuestra suerte, Arthur con frecuencia compartía los dulces que su abuela le regalaba. A lo mejor lo hacía para caernos bien, ya que jugaba al béisbol bastante mal.

Arthur siempre salía ponchado. Aún así, no teníamos que detenernos y dejar que pasaran los autos como lo tendríamos que hacer si jugáramos en la calle. Gabe usualmente elegía a Arthur para su equipo porque él podía pegarle a la pelota lo suficientemente fuerte como para que entraran los que estaban en las bases y compensar el out de Arthur.

Arthur también hacía muchas preguntas. Le echó un vistazo a Ki y dijo —¿De dónde eres? ¿de China?

—Soy de Houston —dijo Ki, encogiendo los hombros.

—¿Qué tipo de nombre es Ki? ¿Y por qué tienes los ojos estirados como un chino?

Arthur hizo las mismas preguntas que yo le había hecho a mi nuevo amigo. Como un loro, Ki sólo repitió la misma historia que me contó a mí, a mis hermanos y a los Guerra.

—Mis abuelos nacieron en las Filipinas. Yo me parezco a mi abuelo. Me llamo Raymundo como él. Mi papá también. Cuando yo era un bebé, Abuelo dice que yo hacía sonidos "ki", como los de un pájaro que él recordaba de las islas. Todos me llaman Ki, hasta mis maestros.

—¿Le puedes pegar a la pelota? —Arthur le preguntó.

—A veces —dijo Ki—, pero puedo correr bien rápido.

—Nosotros queremos que Ki y Joe estén en nuestro equipo —dijo Mike—. Entre los dos hacen un niño grande.

Los Guerra se separaron, uno en cada equipo. Sus primos Ernesto, Gonzalo y Andrés, estaban de visita de México. Ellos también se separaron, menos Andrés, que siempre agarraba la pelota para ambos equipos. Tenía problemas de respiración y no podía correr sin ahogarse, así es que siempre lo dejábamos de catcher. Cuando quería batear, lo hacía para ambos equipos. Dependiendo en quién estaba por batear, Mike o Albert corrían por él.

Los equipos eran pequeños y desiguales, pero logramos batear, robar bases y atrapar suficientes pelotas como para divertirnos. Ki terminó siendo un buen corredor como nos dijo. Arthur dejó caer varias pelotas fáciles de atrapar y Ki llegó a la base cada vez que bateó. El marcador llegó a 7-5. Para entonces se escuchó a Abuela Smitty gritar desde la puerta trasera, —¡Arthur, querido, tu mamá ya viene por ti! ¡Ven aquí en cinco minutos!

Cuando Gabe llegó a batear, puso su cara de bulldog. Sabíamos que era el momento para retroceder en el campo y prepararnos para una pelota fuerte y alta. Gabe podría elegir a un jugador malo como Arthur para su equipo, pero eso no quería decir que no quería ganar.

Mike, quien era el pítcher, me gritó —¡Joe, vete más atrás! ¡Más lejos! ¡Más!

Todos sabíamos lo lejos que Gabe podía enviar la pelota, así es que corrí a la orilla del campo, cerca del callejón que estaba detrás de nuestras casas. Vi detrás de mí para asegurarme que no había perros callejeros olfateando los botes de basura de Smitty.

No vi a ningún animal, pero sí noté algo brilloso en el pasto a unos pies de mí. ¿Era dinero? Me olvidé del partido y corrí al sitio.

Justo cuando me agaché para recoger no sólo una moneda de 25 centavos, sino también una de 5 y otra de 10, escuché el golpe del bate y a los chicos gritando —¡Corre!

Mike gritó —¡Joe, agarra la pelota!

—¡La tengo! —Ki gritó.

Después de tomar un puñado de pasto con el dinero, corrí. Ni siquiera sabía dónde había caído la pelota. Metí el pasto y el dinero en mi guante, y elevé la cara justo cuando Ki corría hacia los arbustos, persiguiendo la pelota que se movía con rapidez.

Corrí en la misma dirección, empujando mi guante con más fuerza sobre el pasto, dinero y mi mano con sudor.

—¿Adónde se fue? —gritó Ki cuando me acerqué.

Ahí fue cuando vi unas piernas cafés y unos zapatos rotos y sucios detrás del arbusto. Ki se agachó y empezó a buscar debajo del arbusto más cercano.

—¡Ki, espera! —grité.

Pero para entonces, David ya había salido de detrás. Meneaba la pelota en una mano. —¿Qué buscan, bebés?

Tomé a Ki por la parte trasera de sus shorts azules y lo jalé hacia mí. —¡Ki, levántate! ¡La pelota está acá!

Ki se cayó hacia atrás, encima de mí, y ambos caímos al pasto.

David reía mientras nos señalaba. —Bebés, ustedes son beisbolistas malísimimos. ¿Por qué no me dejan enseñarles cómo pegarle a una pelota? Puedo ganar para su equipo.

—¿Quién eres? —dijo Ki.

Separé a Ki de mí y dije entre dientes —Es David.

—¿Sí? —Los ojos negros de Ki parpadearon varias veces.

Escuchamos que los chicos gritaban con júbilo al otro lado del lote. Me levanté de inmediato. ¡David ahora estaba en un gran lío! Jalé a Ki para que se levantara.

—¡David, vete de aquí! —pensaba que me escuchaba como mi hermano mayor Mike. Yo sabía que mis hermanos, los Guerra y sus primos venían corriendo hacia nosotros. Todos me ayudarían a golpear a David. No quedaría nada de él cuando acabáramos.

Le grité a David. —Regrésame la pelota ya.

—¿Es ésta tu pelota? —David vio la pelota en su mano sucia—. No veo tu nombre en ella.

—Es *mi* pelota —dijo Ki.

David bajó la cabeza y miró fijamente a Ki. —¿Qué pasa si me quiero quedar con esta pelota nueva, Chino? —Sus preguntas rugientes sonaron más malas que cualquier cosa que yo pudiera gritar.

¿Dónde estaban los muchachos para que nos ayudaran? Me pregunté al voltear. Ahí vi que Abuela Smitty estaba en la cerca regalando galletas a Arthur y a todos los muchachos. Habían gritado porque estaban recibiendo comida, no porque fueran a rescatarnos.

Empecé a gritarles a Gabe y a Mike. Ki intentó tomar su pelota, pero David empujó a Ki hacia mí. Nuestras cabezas chocaron una contra la otra tan fuerte que escuché los "ki" de los pájaros cantar en mis oídos. Una vez más, caímos al suelo juntos.

Para cuando nos levantamos, David ya se había montado en su bici. Se paseó por el callejón con la pelota en una mano, moviéndola hacia atrás y adelante como un limpiaparabrisas sobre su cabeza.

—Mi pelota —lloriqueó Ki con lágrimas brillando en los ojos.

Yo sabía exactamente cómo se sentía. Me quité el guante de béisbol. Trozos de pasto, una moneda de 25, una de 5 y otra de 10 cayeron a nuestros pies.

—Me encontré este dinero. Tal vez te puedes comprar una pelota nueva —le dije.

—Oigan, ¿quieren galletas, muchachos? —gritó Arthur.

Ki tomó las monedas y caminamos a la cerca. Gabe nos había guardado dos galletas. —¿Dónde está la pelota? —nos preguntó al tiempo que nos dio una galleta a cada uno.

—David estaba escondido detrás de los arbustos —dije—. Le robó la pelota a Ki y se fue en su bici.

—Es muy malo —dijo Albert—. Es tan malo que apuesto que contagiaría de rabia a los perros.

—Es tan malo que probablemente come nidos de abejas para el desayuno —agregó Mike.

—Es tan malo —dije— que nadie jugará con él en miles de millones de años.

La mamá de Arthur llegó en su largo auto plateado y tuvimos que regresar a nuestras casas. Ki y yo caminamos lentamente detrás de los muchachos mayores, comiendo nuestras galletas despacio.

Ki se sobó el lugar donde chocaron nuestras cabezas. —Joe, ¿crees que David siempre es tan malo?

—Sí, siempre. No tiene amigos —dije—. Estoy seguro que su mamá no lo quiere en casa. ¡Por eso viene a robarnos!

Ki puso el último pedazo de galleta en su boca y dijo: —Por lo menos no se robó mi pelota favorita.

Capítulo tres

Piedras, libros y zancos

El robo de la pelota de Ki fue sólo otro capítulo en nuestras historias sobre David.

Tres días después íbamos caminando por el riachuelo cerca de la piscina. Le había dicho a Ki que podríamos atrapar tortugas o ranas, pero ese día apenas vimos un par de pececillos. En vez de ello, Ki y yo escarbamos unas piedras grandes y hablamos de empezar una colección de piedras.

De regreso a casa, íbamos revisando las piedras lisas que habíamos escarbado. Los dos aún estábamos al otro lado de la cuadra cuando escuchamos la voz de David.

Cerca del lote de Smitty, David estaba sentado en una bici que parecía nueva. Tenía un brillante marco rojo y llantas negras como el carbón.

—¿Qué opinan de mi bici nueva? —le gritó a Gabe, a Mike y a los Guerra.

—¿De dónde la robaste? —Mike le contestó.

—No la robé —dijo David. Su pecho huesudo se levantó en su vieja yérsey gastada—. Esta bici es mucho mejor que las chatarras en las que se pasean ustedes.

Mis hermanos y los Guerra se pararon juntos en la otra esquina. Todos gritaron: —¡Qué importa!

La cara de David se engarruñó como la de un perro rabioso. —Los iba a dejar pasearse en mi bici, pero ahora no.

—¡No queremos pasear en tu tonta bici! —gritó Mike.

—¡Vamos, Ki! —Empecé a correr hacia los otros. Tenía dos piedras en mis manos. Escuché a Ki jadeando detrás de mí con sus tres piedras lisas.

Escuchamos que David gritó: —¡Ustedes son los tontos! ¡Niños tontos!

Mientras corríamos, vi que Gabe jalaba el brazo de Mike. —Vamos a casa. Allí podemos encontrar algo qué hacer. Vámonos.

No sabemos si las piedras en nuestras manos le dieron a David la idea de tirarnos una. De la nada, una piedra voló a través de la calle y le pegó a Gabe en el hombro.

¿Quién era el tonto ahora? Nosotros éramos seis y él uno. Todos recogimos piedras. Le tiramos muchas y muy fuerte, se fue aullando. Nosotros festejamos y gritamos, sentíamos que habíamos ganado una guerra.

Sólo la señora Smitty nos vio tirar las piedras. Les dijo a nuestros padres. Nunca supimos cómo se lo explicó a la mamá de Tony y Albert. La señora Guerra sólo hablaba español. Los Guerra y Ki se metieron en tantos líos como nosotros.

Papá nos dijo a Gabe, a Mike y a mí: —Ya que les gustan tanto las piedras, pueden sacar todas las piedras del jardín de Abuelita.

Nadie se había dado cuenta de todas las piedras que había en el jardín de Abuela Ruth. Nos tomaron tres días para escarbar cada una de ellas.

Los Guerra tuvieron que mover tierra de un montón en el patio trasero y llenar los hoyos en el patio de enfrente. Su papá nos les permitió usar una carretilla. Y el pobre Ki sacó mala hierba y limpió los viejos botes de basura de señor Flores para que su papá no tuviera que comprar nuevos.

Cuando nuestros días de trabajo pesado se acabaron, todos terminamos con llagas en las manos. Estábamos cansadísimos. Aún así teníamos la energía para estar enojados con David por habernos metido en líos. Mi mamá nos escuchó refunfuñando en la galeria de enfrente y esquinó a Gabe y a Mike en la cocina antes de la cena y les dijo: —Si escucho de una pelea más entre ustedes y ese muchacho David, no los voy a dejar salir de casa hasta que empiece la escuela. ¿Me escuchan?

Apenas era junio, así es que procuramos mantenernos alejados de David. Desde la guerra de piedras, no lo habíamos visto pasear por el barrio. Deseábamos haberlo ahuyentado de una vez por todas.

Mientras tanto, mi mamá pensó en otras cosas para mantenernos ocupados y fuera de su vista.

—La biblioteca tiene eventos especiales los martes —dijo Mamá, doblando el periódico que le gustaba leer cada noche—. Mañana pueden ir para allá. Vean el show y traigan libros para que lean en casa. Hasta Joe tiene una identificación para la biblioteca.

Como Vicky, la hermana de Ki, se había convertido en la mejor amiga de Tina, ella vino con nosotros. Los Guerra no lograron encontrar sus identificaciones para la biblioteca, pero vinieron para el evento.

Mientras esperábamos en la esquina para que el anuncio de "SIGA" se encendiera, dije en voz alta: —No creen que un niño como David venga a la biblioteca, ¿verdad?

—Apuesto que David no puede leer —dijo Albert.

—Apuesto que ni siquiera se sabe el abecedario —respondió Mike.

—Probablemente cree que el abecedario es algo que los loros comen para el desayuno —dijo Tony.

—¿Por qué no se callan? —dijo Tina. Puso una mano en su cintura como las maestras—. Si dejaran a David en paz, él también los dejaría tranquilos.

—Ay, Tina, no sabes lo que estás diciendo. —Mike agregó desacreditándola, pero no dijo nada más sobre David.

Esa tarde había más gente afuera de la biblioteca que adentro. Un gran camión blanco con un trailer de colores ocupaba gran parte del estacionamiento. El trailer tenía pintado un león rugiendo con grandes colmillos, un elefante y una mujer vestida de rosa columpiándose en un trapecio. Los dibujos enmarcaban las palabras, "Gran circo de América".

Los payasos actuaban en la mitad del círculo de niños, niñas y padres con bebés en los brazos. Logramos meternos a la fuerza hasta el frente para ver.

Un payaso tenía a un perro caniche bailarín vestido con holanes rojos. Un payaso de pelo rizado color naranja sacó trapos de colores de sus manos con guantes blancos en un acto de magia. Otro payaso delgado con un saco morado hizo malabarismos con ocho pelotas. Dos payasas se pasearon en monociclos alrededor del estacionamiento. Cuando saltaron de los monociclos al frente de la biblioteca, todos aplaudieron y festejaron.

Después el payaso de pelo rizado dijo: —¡Vamos! ¡Entremos a la biblioteca!

Todos se apuraron a entrar, ansiosos por entrar al fresco del edificio con aire acondicionado. Los adultos con cámaras y bebés nos quitaron del camino. Una vez adentro, yo quería hablar con uno de los payasos. Pero las mamás con niños chicos se amontonaron a su alrededor, tomando fotos y hablando muy fuerte. Los bebés lloraban y los payasos gritaban sus chistes. Al final, la bibliotecaria de cabello canoso y una mujer joven de lentes redondos anunciaron que los payasos tenían que irse a otra biblioteca al otro lado de la ciudad.

En ese momento, Ki me tomó del brazo y me jaló al lugar que tenía mesas pequeñas para niños. Allí las paredes estaban pintadas de un azul profundo y decoradas con máscaras coloridas como la Medusa con su cabello de víboras, un unicornio blanco con un cuerno dorado y la cabeza de un dragón con llamas rojas saliendo de su hocico. Había muchos pósters con los animales de las caricaturas y de famosos de la televisión con libros en sus manos invitando a todos a "Leer".

—Me gustan los libros con fotos de dinosaurios. Ayúdame a encontrar unos —dijo Ki. Se volteó y preguntó—, ¿dónde están las computadoras?

Apunté a la mesa larga cerca del escritorio de la bibliotecaria. Cada computadora tenía a un adulto o a un niño sentado enfrente de ellas. Tina y Vicky compartían una silla. Susurraban señalando lo que estaban viendo en la pantalla. Ambas llevaban camisetas blancas y shorts verdes, era como si fueran una niña con dos cabezas.

—Hay mucha gente en la biblioteca hoy —le dije a Ki—. Tendremos que encontrar el libro que queremos buscándolo en los estantes.

Mientras me alejaba de Ki, pensaba que la biblioteca se veía desordenada. Los libros de los estantes más bajos estaban tirados por el piso. Varias mesas tenían muchos estuches de videos y libros para niños abiertos. Si encontráramos cualquiera de los libros que Ki quería, seríamos muy afortunados.

—Tú busca por allá, y yo empezaré por este lado. ¿Qué tipo de libros te gustan, Joe? —Ki preguntó al sacar un libro, ver la portada y volver a colocarlo en el estante. Sus pequeñas manos eran rápidas.

—Me gustan los libros con bicicletas —le dije—. Me gusta ver fotos de bicicletas, para así saber cuál es la que quiero.

—Quiero una bici para mi cumpleaños —dijo Ki—. Ya le dije a mi papá. Puedes venir a mi fiesta de cumpleaños, Joe, ¿de acuerdo?

En ese momento vi una foto de una bicicleta plateada brillante en un libro gordo con una portada roja. Lo saqué rápidamente del estante. Cuando vi que era un libro del abecedario para niños, intenté volver a meterlo en el estante. Se deslizó entre mis manos y cayó al piso. Me arrodillé en una rodilla para recogerlo, y allí fue cuando vi a David a través de los espacios vacíos en el estante. Estaba sentado en la siguiente fila, en el piso. Estaba leyendo un libro plano y delgado de portada suave que se extendía en sus piernas huesudas.

Mis ojos se abrieron. ¿Qué tipo de libro estaría mirando David? Mike y los Guerra habían dicho que no sabía leer. Acerqué la cara aún más al estante, observé con detenimiento al niño de los pantalones café cortados, de descolorida camiseta azul y de tenis gastados. Sus labios se movían en silencio, mientras que un largo dedo se movía a lo ancho de la página.

Quería ir por Ki, pero me quedé quieto. David dio vuelta a la hoja y sus dedos y labios empezaron a moverse otra vez. ¿Qué estaba leyendo?

Me tragué el aliento cuando vi a Tina y a Vicky caminando rápidamente de otra dirección hacia el estante donde David estaba sentado. Vicky se detuvo de repente antes de pisar a David. Tina chocó con ella, y ambas cayeron encima de él.

Vicky chocó con los hombros de David y rodó al piso. Tina se tropezó con sus chanclas de hule y cayó encima de las piernas de David. Ambas muchachas chillaron como ratones mientras trataban de levantarse.

—¡Oigan! —David gritó demasiado fuerte para la biblioteca. Se levantó rápidamente y dejó caer el libro en la cabeza de Tina. El libro se deslizó y cayó al piso.

—¡Déjenme en paz! —les gritó. Dio un brinco y un salto sobre las piernas de Tina, corrió por entre los estantes y desapareció en una esquina de la biblioteca.

Tina y Vicky se miraron, estaban tendidas en el piso. Como hacen las muchachas, empezaron a reír y a reír tontamente de lo que pasó. Puse mi cabeza entre mis manos y me reí. Se veían torpes y bobas cuando se cayeron encima de David.

Cuando escuché que se callaron, me enderecé. De puntillas, me asomé a verlas. Tina y Vicky habían gateado para estar cerca la una de la otra. Se sentaron juntas en el mismo lugar en donde David había estado. Siguieron riéndose con las cabezas pegadas una a la otra, y se limpiaban las lágrimas con las manos. Sin hablarles, corrí alrededor del estante de metal. Recogí el delgado libro que David había estado leyendo.

Vi la portada y leí las palabras *Mapas: Carreteras de Texas*. Abrí el libro y vi pequeñas fotos, párrafos y mapas. Conocía algunos nombres como Austin y San Antonio, pero otras palabras eran difíciles para mí.

Las chicas carcajearon otra vez. La joven bibliotecaria con los lentes dijo: —Niñas, no hagan ruido. Si no se pueden comportar, van a tener que irse.

No podían parar, así es que Tina dijo que teníamos que irnos a casa. Vicky dijo que nos esperarían afuera mientras yo encontraba a Ki. Cuando lo encontré tenía dos libros de dinosaurios en las manos. Decidí sacar el libro de mapas de David. Le conté a Ki lo que le pasó a David con nuestras hermanas. Se rió y dijo que también quería ver el libro de mapas.

Gabe y Mike estaban sacando libros cuando nos acercamos al mostrador. Esperamos hasta que encontramos a las muchachas y a los Guerra afuera para hablar de lo que sucedió en la biblioteca.

—Me hubiera gustado haber visto la cara de David cuando las muchachas se cayeron encima de él —dijo Mike mientras nos encaminó a casa.

—¡Lo asustaron! —exclamé—. Lo hubieran visto correr y esconderse.

—¡Qué gallina! ¡Le tiene miedo a las muchachas! —Tony se rió, y luego puso las manos debajo de sus axilas y empezó cacarear como una gallina asustada.

Más tarde, en ese mismo día, después de la cena, me senté con Ki en el sofá de nuestro cuarto de televisión. Vimos todos los mapas y fotos. Ki y yo nos turnábamos diciendo las palabras que conocíamos.

Froté mi mano encima de la página resbalosa, un mapa acompañado de fotos bajo grandes letras: *Texas: Sección montañosa.* —¿Por qué estaría viendo un libro como éste David? —le pregunté a Ki.

—Tal vez quiere viajar a algún lugar, Joe, —Ki contestó—. Como tomarse una vacación. Es verano, ¿sabes? Quizás quiere viajar por todo Texas.

—¿Crees que puede andar tan lejos en su bici?

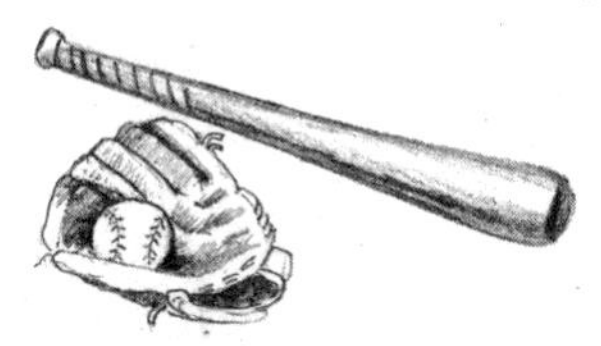

Dos noches después cenamos temprano y como los muchachos dijeron que estaba demasiado caluroso para empezar un partido de béisbol, Gabe y Mike jugaron a la baraja con los Guerra en los escalones en la galería del frente. Ki y yo jugamos damas chinas a un lado de la puerta metálica. Todos saludamos a Papá mientras estacionaba su camioneta para soldar en la entrada de la casa. Esperábamos que entrara por la puerta trasera y cenara, así es que nos sorprendimos cuando dio vuelta en la galería de enfrente.

—Les hice algo —dijo Papá. Colocó un par de palos de madera en el barandal de la galería—. Diviértanse, pero tengan cuidado. —Sonrió y entró a casa.

—¡Qué padre! ¡Zancos! —Gabe saltó y tiró las barajas a su alrededor.

—¿Zancos? —Ki y yo dijimos al mismo tiempo.

—¡Yo los pruebo primero! —Mike dijo y bajó corriendo los escalones.

Papá había tomado un par de tablas 1x4 que median casi cinco pies de alto. Cortó una agarradera cerca de la parte superior y clavó un cuadro grueso como un triángulo gordo aproximadamente dos pies abajo.

Mike levantó una pierna y colocó su pie en el triángulo. Saltó para poner su pierna en la otra. Se cayó como un árbol en el bosque. Hasta grité: —¡Cuidado!

—Alguien tiene que sostener el otro zanco hasta que pueda balancearse —dijo Gabe.

Tony tomó uno de los zancos. Albert sostuvo el otro.

Mike se trepó, pero se quedó en cuclillas. —Ya, ¿me tienen? Me voy a parar.

Con cada pulgada que se iba elevando, los zancos temblaban locamente. Gabe sostenía a Tony. Ki y yo empujábamos las manos contra el zanco que Albert sostenía.

Los zancos parecían de hule por la forma en que se tambaleaban. Mike los jaló para balancearse. De repente todos nos caímos hacía atrás con él.

Albert cayó al lado de Mike. Ki cayó en las piernas de Albert. Un zanco y yo caímos en el estómago de Mike. Gabe y Tony chocaron sus cabezas antes de caer por la galería.

—¡Déjame probar! —dijo Gabe—. Mike no puede caminar al baño sin tropezarse. —Levantó ambos zancos. Mordió su labio inferior y miró los zancos de arriba a abajo. Puso un pie en un zanco y lo dejó dar vuelta como si lo estuviera probando.

—Bien, ¿qué esperas? —dijo Albert. Sonrió y esperó a que Gabe se cayera.

Y lo hizo. Tony se cayó. Albert se cayó. Hasta cuando el resto de nosotros intentó sostener los zancos, cada muchacho se cayó. Estaba oscureciendo y ninguno de los muchachos grandes había podido caminar.

Mis brazos y piernas sentían picazón por haber caído tantas veces en el zacate seco. —Oigan, ¿podemos probar los zancos Ki y yo?

—Joe y Ki son muy chicos —dijo Tony. Se rascó sus grandes orejas como si le picaran también.

Ki dijo: —¡Ya casi tengo ocho años!

—¿En verdad crees que *tú* puedes caminar en esas cosas? —Gabe le preguntó a Ki.

—¡Claro! —Corrió hacia los zancos que estaban en el pasto.

Lo vimos jalarlos hacia la galería. Los apoyó en el barandal. Se trepó y se paró en la orilla de cuatro pulgadas de cemento alrededor de la galería.

Alcanzó los zancos. Usó la altura de la galería para tomar un paso hacia el frente en vez de levantar el pie como lo habían hecho los demás.

—¿Por qué no se nos ocurrió eso? —dijo Gabe, y caminó hacia Ki para ayudarlo a balancearse.

Corrí hacia el otro lado de Ki. Me agarré con fuerza al otro zanco para estabilizarlo.

Antes de darme cuenta, los otros muchachos ya habían saltado a nuestros lados por si acaso.

—¡Anda, Ki, camina! —Mike gritó.

—¡Debes intentarlo! —Tony dijo.

—Nosotros te atrapamos si te caes —dijo Gabe. Jaló a Albert para que se parara enfrente de Ki y de los zancos tambaleantes.

Y entonces se dio. Ki exhaló un fuerte respiro como si hubiera estado nadando debajo del agua. Empujó sus hombros e infló el pecho. Agarró los zancos con tanta fuerza que sus manos cafés se pusieron blancas. En realidad dio un paso y su otro pie lo siguió. Un paso más y luego otro.

Los muchachos grandes empezaron a gritar, a reír y a corear, —¡Vamos, vamos, vamos!

Ki dio seis pasos hasta que *él* empezó a reír. Luego sus brazos se movieron al frente, pero sus pies se deslizaron para atrás. Por suerte, Gabe y Albert lo atraparon a él y a los zancos mientras perdía el control y el balance.

—¡Me toca a mí ahora! —dije, pero pareció que nadie me escuchó.

Los muchachos grandes no perdieron tiempo en probar la idea de Ki con la galería. Me senté al lado de Ki en los escalones y vi cómo los muchachos grandes tomaban unos cuántos pasos. Todos seguían cayéndose.

—¿Te divertiste? —Vi a Ki. Tenía los codos sobre sus rodillas.

Ki asintió. Luego volteó y me sonrió. —Joe, cuando los Guerra se vayan a casa, tú y yo jugaremos con los zancos, ¿te parece?

—Y en la mañana, nosotros los tomaremos antes que nadie. Mañana —dejé de hablar cuando vi que algo se movió. Detrás de un largo seto de arbustos que rodeaba nuestra casa, vi una sombra. Moví el brazo de Ki. —Oye, ¿viste eso?

—¿Qué? —Ki se agachó para ver alrededor de mí. —¿Qué viste, Joe?

—Algo en esos arbustos —observé con detenimiento, intentando verlo otra vez, pero estaba muy oscuro.

Ki se paró en los escalones y dijo: —¿Ves algo ahora?

—Quizás, no estoy seguro. —Me tomó del brazo y bajamos los escalones. Me acercó al seto.

La cabeza de un niño salió por el otro lado. Era difícil ver quién era, pero el cabello era como un cepillo y el cuello como un hueso de pollo. Ni Ki ni yo dijimos una palabra. Mis piernas estaban tan tiesas que hubiera podido caminar en los zancos sin ninguna ayuda.

Tres cosas sucedieron después. El grito de la señora Guerra retumbó por el barrio como una sirena: —¡Alberto! ¡Antonio!

Mamá salió de detrás de la puerta de tela metálica del frente y dijo: —Niños, "Dogs from Mars" está en la tele.

Y el niño que estaba detrás de los arbustos corrió hacia el callejón.

Ki susurró: —Joe, ¿decimos algo?

Tragué fuerte: —Es mejor que no. Además ya se fue.

Mis hermanos, Ki y yo nos metimos para ver la tele. "Dogs from Mars" era uno de nuestros programas favoritos. Eran pasadas las diez cuando Ki se tuvo que ir a casa. Vimos una vieja película de piratas y luego nos fuimos a dormir.

A la mañana siguiente salimos a buscar los zancos, pero habían desaparecido. También las damas chinas. Recogí una canica amarilla de la tierra cerca de los escalones.

—Fue David —les dije a todos—. Ki y yo lo vimos en los arbustos ayer por la noche. ¿No es cierto, Ki?

—Sí, sí es cierto. —Ki señaló detrás de nosotros al seto.

—Más vale que no le digamos a Papá —dijo Gabe, quebrando un palo con las manos—. Se enoja cuando no guardamos nuestras cosas porque luego desaparecen.

—¿Por qué no se enoja con David? —pregunté.

—Joe, no digas *nada*, ¿me oyes? Si mencionas a David, Mamá nos encerrará en casa —dijo Gabe. Usó el palo para apuntar mi nariz.

Los ojos de Gabe se hicieron finos y se llenaron de malicia, así es que me quedé callado. Los muchachos corrieron para ver si Arthur estaba de visita con la señora Smitty. No los seguí. Los muchachos grandes ni me dejaron jugar con los zancos. Luego los dejaron afuera donde David podía robarlos. Sentía comezón en mis brazos y estaba enojado con ellos, especialmente con David. Él volvía a estropear mi diversión una vez más.

Capítulo cuatro

Dragones de agua

Había días en que no valía la pena quedarse enojado, especialmente cuando a mis hermanos mayores les gustaba nadar por las tardes calurosas del verano en la alberca de la ciudad.

Naturalmente David también venía a la alberca. Todos los días usaba los mismos shorts grandes y rojos que mostraban sus trusas. Primero se sentaba en su bici afuera del alambrado de tela metálica, y le gritaba a alguien. Casi siempre molestaba a Ki.

—¡Oye, niñito! ¿Dónde te hiciste ese corte de pelo tan feo? ¡Oye, Chino! ¿Trajiste tus flotadores?

Hoy después de la décima vez que le gritó a Ki, yo le grité, —¡Cállate!

Tiró la bici y empezó a escalar la cerca como una araña enojada.

Tomé el brazo de Ki. Corrimos a la orilla de la parte honda de la alberca.

—¡Así es! —gritó David —. ¡Más vale que se vayan!

Esperamos hasta que Gabe subiera la escalera para que nos preguntara: —¿Qué pasó, Joe?

—David no deja de gritarle a Ki —le dije a mi hermano mayor.

Gabe se secó la cara mojada con las manos. —Joe, ¡deja de portarte como un bebé! Si David sabe que puede molestarte, no va a parar. Olvídalo y ve a nadar.

Me di vuelta y David ya no estaba. —¿Adónde se fue?

—Tal vez se fue a su casa —dijo Ki.

Nos fuimos al lado menos profundo de la alberca. Ese día David no nos volvió a molestar. Supusimos que nos vio hablando con Gabe. A lo mejor le tenía miedo.

Una semana después, sin embargo, mis hermanos se habían ido con los Guerra al rancho de sus abuelos. En su lugar, Tina y Vicky vinieron con nosotros a la alberca. Cuando las muchachas se juntaban, no nos ponían mucha atención. Les gustaba nadar en el lado hondo de la alberca. Y como las otras muchachas, conversaban con los salvavidas.

Ki y yo sólo queríamos divertirnos en la alberca. No vimos a David en su bici. Nadamos por un largo rato. Subimos la escalera y saltamos de nuevo a la alberca sin preocuparnos.

Todo cambió cuando Ki corrió rápidamente y saltó en la alberca cerca de la señal de cuatro pies pintada de negro en un lado de la alberca. Salió disparado por el agua azul riendo, mojado y fresco.

Me detuve en la orilla de la alberca y me agaché para rascarme la rodilla.

—¿Quieres ser el dragón de agua o el guerrero? —Ki gritó, listo para jugar uno de nuestros juegos de natación favoritos.

De repente algo me empujó tan fuerte en la espalda que salí volando. Caí de panza en la alberca. El agua me cacheteó la cara. Mi nariz se llenó de agua. Me atraganté. Me resbalé mientras trataba de pararme de puntillas. Vi unos pies grandes pisando pesadamente en el agua. Los shorts rojos que se alejaban de mí eran inconfundibles.

Yo estaba tan enojado. Quería escupirle agua a David. Quería pisarle los pies. Quería detenerlo debajo del agua hasta que su horrible cara se pusiera morada. Quería morderle el brazo y patearle la pierna y mandarlo por el resumidero al drenaje.

—Joe, ¿por qué te empujó David? —dijo Ki cuando nadó hacia mi lado.

Me apreté la nariz, tratando de sacarme el agua.
—Porque es malo, ¿por qué más?

—Vamos —dijo Ki jalando mi brazo—. Hoy puedes ser el dragón de agua.

Ki siempre sabía cómo hacerme sentir mejor. Este juego especial en la alberca lo empezamos la última vez después que leímos una historia en los comics de Ki. Agregábamos aventuras nuevas cada vez que nadábamos.

Ese día Ki se convirtió en el guerrero que estaba tratando de encontrar mi cueva secreta. Nadé alrededor como el dragón del agua. Él me siguió. Prentendimos que la mujer gorda era una ballena y la joven que apretaba a su novio era un pulpo. Nadé a lo profundo hasta que mi estómago rozó la parte

inferior de la alberca. Ki siguió y apenas tocó los dedos de mis pies, tratando de atraparme. Lo hizo por debajo del agua para que el salvavidas no lo viera y nos regañara.

En ese momento fue cuando la ballena se empezó a mover hacia mí. Vi el traje de baño negro de la señora gorda y sus blancas piernas caminar directamente hacia mi cara. Hice un zigzag y traté de irme en la otra dirección. La joven y su novio decidieron nadar juntos, enredado uno en el otro, como un verdadero pulpo directo a mi cabeza.

Empecé a reír, enviando burbujas por mi nariz. Tragué agua y empecé a ahogarme. Me paré. Luego sentí los brazos de Ki a mi alrededor.

—¡Te atrapé! Dragón de agua, estás capturado.

Me limpié la nariz con la mano. Luego pasé mi mano por el brazo de Ki.

—¡Oye! ¡No quiero tus mocos de dragón! —Ki saltó hacia atrás y me soltó.

Me limpié la nariz otra vez y estiré la mano para volver a tocar el brazo de Ki. Me reí cuando se fue nadando.

Tina y Vicky caminaron por el agua hacia mí. Por sus caras, sabía que la diversión se había acabado. Vicky y Ki podían salir, pero su mamá *siempre* les decía a qué hora debían regresar a casa.

Vicky se dio vuelta y llamó a Ki, —Es hora de ir a casa. —De repente, algo la jaló debajo del agua como algo que se va por el resumidero. Vicky se tardó para salir del agua, y Tina le gritó.

—¡Oye! —grité, al ver unas piernas flacas y cafés y unos grandes pies chapoteando. Sabíamos que tenía que ser David. Nadie más era tan malo.

Vicky salió escupiendo agua. Su largo cabello colgaba sobre su cara como una cortina negra. David hizo sonidos que sonaron como el pito de un tren. Se fue nadando a la parte más onda de la alberca.

—¡Me voy a quejar de ese imbécil! —Vicky gritó.

Nunca habíamos visto a Vicky tan enojada. La seguimos a la escalera y nos paramos debajo de la silla del salvavidas. Felipe estaba a cargo. El salvavidas delgado tenía pelo negro y lentes de espejo.

—¿Viste lo que pasó? —Dio una palmada en la barra de fierro que Felipe usaba para subirse a la silla alta—. Ese chico, David, me jaló debajo del agua. Me detuvo la cabeza. Trató de ahogarme.

—Lo siento, no lo vi. —Se deslizó los lentes hacia la punta de su nariz y miró hacia abajo—. A lo mejor sólo te resbalaste —dijo.

—No me resbalé. David me jaló.

—Bueno, como no lo vi, no puedo hacer nada.

—Yo lo vi —Ki dijo.

—Yo también —dije.

—Niños, váyanse de aquí. Tengo que trabajar. —Felipe se empujó los lentes en la nariz con un dedo. Se recargó en la silla como si fuera el rey del castillo.

Hablé fuerte: —¿Por qué no le dices a Gabe y a Mike lo que pasó?

Tina me miró enfadada. —¿Y qué van a hacer? ¿Pelear? ¿En qué forma le ayuda eso a Vicky?

—Vámonos a casa —dijo Vicky. Vio a Felipe una vez más—. Sabes, se supone que los salvavidas deben ayudar a *todos*.

El salvavidas mantuvo la quijada apretada mientras miró la alberca.

Tina, la pacifista, jaló el brazo de Vicky. —Vamos a casa. Tu mamá se va a enojar si llegan tarde.

Vicky y Tina se retiraron de la silla del salvavidas. Caminamos al edificio de piedra con los casilleros. Vicky farfulló sobre David. Los ojos de Tina estaban llenos de preocupación. Ki se mordió los labios con dientitos de máquina de escribir. Crucé los brazos sobre mi pecho. ¿Cuántas personas celebrarían si David se ahogara en la alberca?

Algo me hizo voltear a ver una vez más. Justo en el medio del agua azul estaba David con una sonrisa gigante en su cara bronceada. Nunca lo había visto sonreír. Tuve que detenerme y observar.

—¡Mira! —tome el brazo de Ki.

Nos detuvimos. Las muchachas también se detuvieron. David nos vio mirándolo. Nos saludó con un brazo largo y delgado y nos gritó, —¡Adiós, niños y niñas!

Después se inclinó y se tiró debajo del agua. Aún cuando se alejó flotando, movió un brazo hacia atrás y adelante.

—*¿Adiós, niños y niñas?* Alguien tiene que enseñarle una lección. —La voz de Vicky sonó como un trueno.

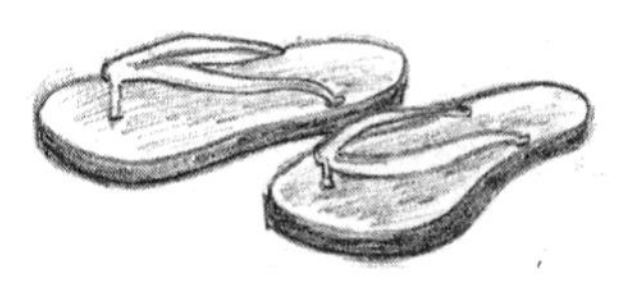

Sacamos nuestras toallas, camisetas y zapatos de los casilleros. Nuestras chanclas de hule batieron al unísono contra nuestros pies mientras cruzábamos por la puerta de salida de la alberca de la ciudad.

Para llegar a nuestras casas siempre pasábamos por la portabicicletas. Hoy una bici brillante azul con un manubrio plateado estaba asegurada con dos cadenas en dos barras. Recostada contra una bici de niña color rosa neón estaba una bici con una canasta blanca detrás del asiento. Tenía una barra de seguridad gruesa para mantenerla segura de los rateros. Al otro lado del lugar, sola, sin cadena o candado, había una bici pintada con pintura de aerosol negra con serpentinas rojas mordisqueadas y un asiento verde de plástico.

Vicky se detuvo tan de repente que Ki chocó con el bolso que ella llevaba en el hombro. —¿No es esa la bici de David? —La observó como si la pudiera derretir con los ojos.

Tina se veía como si se acabara de tragar el chicle. —¿Qué vas a hacer?

—¿Le vas a robar la bici? —Le pregunté a Vicky.

Ki se tragó la respiración como si fuera a apagar un millón de velas de cumpleaños.

—¿Para qué querría esa bici tan fea? —Vicky se dio golpecitos con un dedo en la barbilla—. Pero quiero que David sepa lo que se siente cuando alguien te hace algo malo.

—Vicky, tenemos que irnos. Tu mamá se va a enojar si llegan tarde —dijo Tina, su voz se quebraba más.

Casi sonreí. A Tina no le molestaba mandonear a sus hermanos. Pero con Vicky, Tina nunca era mandona. Yo aún no sabía mucho de la hermana de Ki. Tina y Vicky usualmente se quedaban en casa de Ki. Ki siempre cruzaba la calle para escapar de las muchachas.

—Tengo una idea —dijo Vicky. Jaló un lado de la bolsa de tela y empezó a buscar algo en ella. Vi que sacó dos broches negros para el pelo.

—¡Tienen que ayudarme para hacer esto rápido! —Sus palabras salieron de prisa en un susurro grueso.

—¿Vamos a ponchar las llantas? —pregunté.

Vicky me miró enfadada. —No, Joe, no vamos a ponchar las llantas. ¡O a robar la bici! Se me ocurrió algo mejor para arruinar la diversión de David. —Me dio uno de los broches—. ¿Sabes cómo sacarle el aire a una llanta de bici?

Tina, Vicky, Ki y yo sonreímos al mismo tiempo.

—Joe, nosotros podemos encargarnos de la llanta de atrás —Ki me dijo en voz baja y me jaló hacia la bici de David.

Mis dedos temblaron cuando apreté el broche contra la válvula. Por fin nos íbamos a desquitar con David por todas las cosas malas. ¿Cómo es que mis hermanos mayores o los Guerra no pensaron en esto? ¿Pero qué pasaría si nos atrapaban? ¿Podrían las muchachas correr tan rápido como Ki y como yo?

Vicky y Tina rieron y susurraron en la llanta de enfrente. No parecían asustadas. ¡Ya quería contarles a Gabe y a Mike lo que estábamos haciendo!

El sudor corría por mi cara. Mis manos se resbalaron de la varilla de la válvula tres veces seguidas. Ki probó con el broche y lo apretó también. Entre los dos, el aire se escurrió poco a poco. Despacio, la sucia llanta parchada se desinfló contra la acera.

Todos teníamos la parte superior del labio sudada y las manos sucias cuando terminamos. Naturalmente no nos quedamos por allí para ver qué sucedió después. Todos estábamos de acuerdo en que David no iba a estar riendo cuando se fuera de la alberca. Y la idea nos hizo, "a los niños y a las niñas", reír y reír todo el camino a casa.

Capítulo cinco

Campeones y perdedores

Si David era malo, sólo era David actuando como David. Si nosotros éramos malos, siempre era por culpa de David. Así es como yo lo veía. Tirábamos piedras o le sacábamos el aire a las llantas porque David era malo con nosotros primero.

—Lo que hicimos nos hizo sentir muy bien. ¿No es cierto, Tina? Ya quiero contarles a Gabe y a Mike lo que le hicimos a David —le dije a mi hermana mientras subíamos los escalones de la galería.

Vicky y Ki ya habían cruzado la calle para ir a su casa.

Yo seguí hablando. —No van a dejar de reír, ¿verdad?

Tina me empujó contra el barandal de la galería tan fuerte que hizo que se me abriera la boca. Las barras estaban calientes por el sol de la tarde. Mi espalda ardía de dolor.

—¡Ay! ¿Qué pasa? —Empujé mis manos contra sus hombros—. ¡Suéltame! ¡Ay! Me estoy quemando.

Tina me soltó, y me dijo frunciendo el ceño: —Escucha, Joe. No puedes decirle a nadie lo que hicimos.

—¡Pero fue David! ¡Le diste su merecido! —Sonreí, pero aún sentía el ardor en mi espalda—. ¿Por qué no quieres que se enteren los muchachos?

—¿Quién sabe qué sucedería si David se entera de que nosotros le sacamos el aire a sus llantas? No queremos que intente desquitarse contigo o con Ki. No quiero que nos persiga a mí o a Vicky tampoco.

Tina suspiró y se fue. —Deja a David en paz. —Se detuvo antes de abrir la puerta de enfrente. Volteó para decir— Si somos malos como David, nadie nos querrá tampoco.

Apreté los labios. Me sentía tan feliz hacía apenas un rato. ¿Por qué tenía Tina que arruinarlo todo?

Por la tarde, Gabe y Mike sólo querían contar historias sobre el rancho de Abuelo Guerra en el Valle. Por dos días, escuchamos de la pesca en un río, de remar un bote, de perseguir terneros y de escalar árboles altos de ramas gruesas. Ni siquiera pensaron en David. Me quedé callado y nadie lo notó.

Fue el sábado cuando volvimos a ver a David paseándose por nuestra calle. Se paseaba en una bici diferente, una vieja, azul descolorida que no había visto antes. Miró hacia nuestra casa, pero como Tina y yo estábamos sentados en la galería con mis hermanos menores, no volteó otra vez. Apretó su labio inferior con sus dedos, silbó fuerte y se fue en la bici.

Supongo que yo estaba feliz de que no se hubiera parado a preguntar, "¿Ustedes le sacaron el aire a mis llantas?" Al mismo tiempo, deseaba que nos preguntara sobre su bici. Había practicado tantas buenas mentiras en mi cabeza. Ahora no iba a tener la oportunidad de usarlas.

Sólo faltaba una semana para el cumpleaños de Ki y él sólo quería hablar de eso. Aunque tenía que compartir su fiesta con su hermana Vicky, porque ambos nacieron en julio, su júbilo hacía que tanto Tina como yo nos olvidáramos de las llantas ponchadas de David.

El día de la fiesta de cumpleaños mi mamá nos hizo levantarnos temprano. —Se tienen que bañar —dijo.

Puso camisetas y shorts limpios en nuestras literas. Nos dijo: —Tienen que ponerse calcetines y zapatos. No pueden ir descalzos ni con chanclas a la fiesta. Tina salió de su recámara con un vestido rosa. Su cabello llevaba una gruesa liga rosa. Sus calcetines tenían holanes rosas. Sus zapatos para la iglesia habían sido limpiados y estaban bien blancos.

Mike se rascó la cabeza cuando la vio: —¿Cómo te puedes divertir vestida así?

Mamá le pegó a Mike detrás de la cabeza con el cepillo: —¡Deja a tu hermana en paz! ¡Se ve muy bonita! —Nos amenazó con el cepillo—. Más vale que recuerden decir "por favor" y "gracias" a los papás. Vicky y Ki siempre son muy respetuosos. Ustedes actúan como monos en el zoológico.

Mamá hizo que los cuatro firmáramos ambas tarjetas de cumpleaños. Tina se llevó la tarjeta de Vicky a su recámara para agregarle un mensaje especial. Yo quería escribirle algo especial a Ki, pero Mike lamió el sobre demasiado rápido y lo cerró.

Por fin estábamos listos para irnos. Tina cargó el regalo para Vicky, un juego de bolsa y cinturón de coloridas cuentas. Mamá envolvió los regalos con papel amarillo. Yo le di vueltas y vueltas al regalo de Ki, me imaginaba al platillo volador dentro del papel azul brillante. Seguí a Gabe, a Mike y a Tina, por la puerta de enfrente. Cruzamos la calle hacia la casa de Ki y Vicky. Había cinco autos estacionados enfrente y otros cuatro amontonados en la cochera.

—¿Quiénes son todas estas personas? —Gabe le susurró a Tina.

—Vicky dijo que tienen muchos primos. —Tina sacudió su cabello sobre un hombro—. Pero nosotros somos amigos *especiales*, por eso es que estamos invitados a la fiesta de cumpleaños.

Seguimos la cochera de grava al patio. Cerca de la galería de atrás, un grupo de señoras estaba sentado en un círculo en sillas de jardín debajo de los nogales. Cuatro bebés estaban acostados en una cobija de colores en el centro.

Tres hombres estaban parados con el papá de Ki cerca de un asador humeante platicando y riendo. Aproximadamente una docena de niños se perseguían unos a otros en el patio. La mayoría de ellos estaban descalzos.

Vicky estaba sentada en una mesa de picnic de madera con tres niñas de su edad. Todas llevaban lindos vestidos como el de Tina. Mi hermana se acercó a la mesa con una gran sonrisa. Extendió el regalo con ambas manos. —Feliz cumpleaños, Vicky, espero que te guste el regalo que te traje.

Ki se paseaba en el columpio de madera en el nogal. Estaba sentado solo, viendo a todos los demás correr. Mis hermanos y yo caminamos hacia él.

Puse el regalo en sus manos como Tina lo había hecho con Vicky: —Aquí está tu regalo, Ki. ¿Quieres abrirlo ya?

—Feliz cumpleaños, Ki, —dijo Gabe—. ¿Quiénes son todos estos niños?

—Son los primos Pérez. Les encantan las fiestas de cumpleaños. —Se deslizó del columpio y se levantó. Tomó el regalo—. Gracias por venir. Lo abriré después de que comamos el pastel. —Hablaba como un robot.

Mike se rió: —¿Tu mamá te dijo lo que tenías que decir?

Ki sonrió: —Sí. También dijo que tenía que besar a cada una de mis tías. Algunas huelen bien feo. —Puso el paquete debajo de su brazo—. Los he estado esperando. Ahora me puedo divertir más. Hay demasiadas niñas y bebés en mi familia.

Nuestra familia nunca hacía fiestas con tantas personas. Seguimos a Ki de regreso a la mesa con una gran montaña de regalos. Mis hermanos y yo observamos los regalos con los ojos bien abiertos.

—¡Híjole! ¿Todos esos regalos son para ti? —le pregunté a Ki.

Puso el regalo que le dimos encima de los otros. —Algunos son míos, otros de Vicky. Pero también es el cumpleaños de mi prima Jessica y de mi primo Barney. Creo que también es el cumpleaños de Tía Nettie, y quizás de su bebé también, no recuerdo.

—En nuestra casa celebramos los cumpleaños uno a la vez —dijo Mike—. ¿Habrá cuatro pasteles de cumpleaños también?

—Sólo vi uno para mí y para Vicky, un pastel de chocolate —dijo Ki.

De repente escuchamos el fuerte chirrido de un silbido como el que usan nuestras maestras en el recreo. En esta ocasión, una mujer baja con un vestido floreado como de carpa se paró en la mitad del patio. Sopló en el pito alrededor de su cuello otra vez. Los niños nos juntamos a su alrededor.

—Ella es mi tía —dijo Ki—. Tía Gem es maestra. Le gustan los juegos.

Tía Gem se acercó para observarnos. Se paró tan cerca que vi burbujas de sudor en su cara color café. —Necesitamos que se dividan en equipos. A ver, uno, dos . . . —Apuntó por encima de nuestras cabezas y contó en voz alta. Señaló o jaló una camiseta mientras hablabla—. Y ustedes tres júntese con aquellos tres. Ki, tú y tus amigos pueden formar otro equipo. Tomen a Barney y a Andy para su equipo. ¿Vicky, no van a jugar? Necesitamos otro equipo para Stella y Edna.

Las otras niñas en la mesa se agruparon y empezaron a susurrar. Luego todas se levantaron de un salto al mismo tiempo. Corrieron hacia las dos niñas de mi edad que estaban paradas cerca de Tía Gem.

Nos llevó cerca del jardín de flores. Dos bancas de madera estaban alineadas una frente a la otra. El espacio entre ellas era media yarda. Una banca tenía cuatro vasos con agua. La otra tenía cuatro vasos vacíos.

—Está bien, niños. Acomoden a su equipo uno detrás del otro —dijo.

Ki me jaló, y nos pusimos enfrente de Gabe y Mike, Barney y Andy nos seguían. Eran muy parecidos a Ki con sus ojos almendrados, su pelo negro, su piel café, y sus cuerpos delgados. Parecían un poco mayores que yo.

Del bolsillo de su vestido de carpa, Tía Gem sacó cuatro cucharas. Le entregó una a la primera persona de cada equipo. Ki tomó la cuchara de nuestro equipo.

—Su equipo tiene que meter la cuchara en el agua. Luego debe cargarla a través del patio lo más rápido que pueda y vaciarla en el otro vaso. El primer equipo que llene su vaso gana.

—Esto no es tan difícil —dijo Mike.

Yo me sentía inseguro. Cuando menos me di cuenta, Tía Gem sopló el pito y la carrera empezó. Parecía que todos gritaban.

—¡Apúrense! ¡Apúrense!

—¡Camina más rápido, Cindy!

—¡Ki! ¡Ki! ¡No derrames el agua! ¡Camina más despacio!

—¡Vamos, Vicky! ¡Vamos!

Vimos que Ki se tambaleó con la cuchara llena. Todas las cucharas gotearon agua en el pasto. Cuando me tocó a mí, me tembló la mano. El agua en mi cuchara se derramó en la banca.

Escuché que Mike me decía: —¡Vamos, Joe! ¡Es fácil! ¡Apúrate!

Observé la cuchara. El agua se derramaba por las orillas. Intenté caminar más rápido, pero tiré más agua. Fui yendo más despacio hasta dar pasos pequeños. Al final derramé el agua que quedaba en la cuchara en el vaso vacío. Mi saliva lo hubiera llenado mejor.

Corrí de nuevo a mi equipo con la cuchara vacía. Gabe seguía despues de mí. Sacó una cuchara llena de agua. Como todos los demás, derramó mucho al intentar correr a través del patio.

Cuando fue el turno de Mike, casi le da vuelta al vaso de agua. Se apuró y derramó agua como el resto de nosotros. Ahora todos sabíamos que no era tan "fácil" llenar un vaso de agua de esta forma.

Barney y Andy hicieron lo mejor que pudieron. Todos hicieron lo mismo. Todos los niños intentaron llenar las cucharas, caminar y verterlas lo mejor que pudieron. Nos reímos tanto como gritamos por nuestros equipos. Todas las mamás rieron y festejaron a sus hijos.

Al final Vicky, Tina y las muchachas mayores lograron llenar el vaso con agua. Todos sus lindos vestidos estaban llenos de gotas de agua. Sus coletas estaban chuecas o se estaban soltando. Habían trabajado duro para ganar. Cada una ganó una raqueta de madera con una pelota como premio.

Después la mamá de Ki nos hizo tomar una silla plegadiza a cada uno. Formamos dos líneas largas espalda contra espalda. Todos se sentaron en una silla excepto Vicky. Empezó la música, y marchamos alrededor de las sillas. Cuando la música paró, teníamos que encontrar una silla para sentarnos.

Habíamos jugado a las sillas musicales antes, pero no con los primos de Ki. A ellos no les importaba empujar sus pompis en la silla, aunque las nuestras estuvieran en ellas primero. En la tercera marcha alrededor de las sillas, Barney se deslizó encima de mí. Empujó hasta que me caí. Una niña de dientes chuecos empujó a Mike en la sexta vuelta.

Gabe y Tina lograron quedarse en el juego con los primos empujones. Cuando sólo quedaban cuatro sillas y cinco niños, Tina perdió su silla a una niña gordita llamada Mari. Entonces Gabe puso su cara de buldog. Sabíamos que los primos de Ki se habían encontrado con la horma de sus zapatos.

Muy pronto sólo Gabe y Mari daban vueltas a una silla. La música se detuvo justo cuando Gabe pasó la silla. Se deslizó en ella. Mari intentó sentarse. En vez ello, se medio sentó en el regazo de Gabe.

Mari intentó menearse y meterse en la silla, pero Gabe se agarró de ambos lados de la silla y no se soltó.

Su cara sudada se ruborizó como un tomate rojo. Todos aullaron con risa.

Mari se fue dando pisotones a través del patio. Festejamos y gritamos: —¡Bravo, Gabe! —Le dieron un yo-yo por ganar. ¡Aplaudimos como si hubiera ganado un premio por todos nosotros!

Capítulo seis

Papas y pastel de cumpleaños

Después de las sillas musicales, nos separamos en pares y nos lanzamos globos con agua. Me salpiqué en el estómago cuando Ki tiró los nuestros con fuerza. A Gabe le pegó en la cara un globo con agua que Mike tiró. Finalmente, un equipo de primas de Ki logró lanzar un globo a tres pies de distancia y atraparlo sin reventarlo. Cada una ganó un bote lleno de chicles.

Jugamos un juego de tira y afloja, niños contra niñas, y pues, perdimos. ¡Es que había muchas niñas! Cada niña en el equipo ganó una bolsa con caramelos de menta. Hicimos carreras tipo carretillas, pero Ki no dejaba de soltar mis tobillos, así es que no avanzamos mucho. Gabe y Mike ganaron esa carrera. Había un tiro de anillos usando un hula hoop de rayas y jarras llenas de agua. Festejamos cuando Tina ganó ese juego. Ella recibió un hula hoop nuevo como premio.

Parecía que todos habían logrado ganar un premio excepto Ki y yo. Cuando la tía de Ki dijo: —Éste es el último juego, niños y niñas —volteé a ver a mi amigo.

—Ki, yo también quiero ganar un premio en tu fiesta.

Ambos estábamos sudados y sucios. Todos los niños Silva ya estaban descalzos. Si mamá nos hubiera visto, seguro que nos habría llamado "monos". Todos nos divertimos, pero yo aún no había ganado un premio.

—Joe, podemos ganar este juego. ¡Lo sé! —Ki me sonrió.

Tía Gem explicó el concurso: —Tienen que formar pares. Cada par recibirá una papa. Tienen que correr a través del patio hasta la cerca.

—Eso parece fácil —le susurré a Ki.

—Bueno, la regla principal del juego es que tienen que cargar la papa con sus frentes. Mantengan sus manos detrás de su espalda. Si tocan la papa o si la dejan caer, quedan fuera del juego.

Ki me tomó del brazo y me llevó a una canasta de paja llena de papas.

—He hecho esto antes —dijo—. Lo único es que nunca con un compañero de mi tamaño. Ése es el secreto: conseguir un compañero que sea tan alto como tú. Necesitamos una papa lisa.

Ki actuó como sus primos agresivos. Empujó a una niña para alcanzar la canasta de papas. Corrió de regreso a mí con una papa pequeña en sus manos. La sostuvo contra mi frente y dijo: —¡Perfecto! Es justo nuestro tamaño. —Me contagió su risa.

No todos querían participar en la carrera de papas. Vicky, Tina y las otras niñas en vestidos volvieron a la mesa. Algunos de los niños chicos corrieron hacia sus mamás y pidieron algo para tomar. Barney y Andy se emparejaron. Barney era más alto, así es que tuvo que agacharse para apretar la papa contra la frente de Andy. Gabe y Mike hicieron un equipo, pero recibieron una papa redonda que se resbalaba.

Esperamos que ocho pares de niños se afilaran a la orilla de la cerca.

Tía Gem gritó: —Tienen que llegar hasta el otro lado. El primer equipo que toque la cerca gana los premios. No dejen que se caigan las papas. ¿Listos?

Ki presionó la papa contra mi frente con su mano. Olía a tierra verde.

—¡En sus marcas . . .! ¡Listos . . .! —dijo Tía Gem.

Ki presionó su frente a su lado de la papa. Quitó las manos. Puse mis brazos detrás mi espalda. Me tomé los dedos con la otra mano.

Gritó: —¡Fuera!

Ambos caminamos de lado juntos. No podría decir si íbamos caminando derecho. Mis ojos podían ver la tierra y nuestros pies descalzos y sucios. Mi cabeza se sentía resbalosa. ¿Dejaría caer la papa? Moví la cabeza más hacia Ki. Su respiración cálida soplaba en mi barbilla.

Oí que una niña lloró: —¡La dejaste caer!

Escuché la voz de Gabe: —¡Ay, Mike! ¿Para qué hiciste eso?

Las niñas más grandes gritaron: —¡No la dejes caer!

Las voces de los hombres celebraron: —¡Vamos! ¡Vamos!

La frente de Ki apretó la papa contra la mía. Me sentí mareado, intentando correr-caminar con un dolor de cabeza de papa. Las voces a nuestro alrededor, chillaban, gritaban. Alguien seguía gritando nuestros nombres. Estaba perdido en una mezcla de ruido, sudor y papa.

No sabíamos quién estaba ganando. Tampoco sabíamos que corrimos torcidos todo el camino. Escuchamos a la gente que gritaba, pero no nos detuvimos.

—Tenemos que ganar. Tenemos que ganar, tenemos que ganar. —Lo dije una y otra vez, como una oración en las cuentas de un rosario—. Quiero un premio. Quiero un premio, quiero un premio.

Cuando mi oración cambió, nuestra suerte también cambió.

Chocamos justo en la cerca de al lado. Tintineó y sonó como un perro rabioso intentando salirse. Sentimos los piquetes del alambre metálico contra nuestros hombros. La papa saltó de entre nuestras cabezas. Me caí encima de Ki. La papa rebotó en mi espalda. Y luego rodó por mi pierna

Todos se rieron de nosotros, incluso se escuchó un cacareo de risa que venía de detrás de nosotros.

Vi sobre mi hombro, y me tragué la respiración.

David estaba parado al lado de los botes de basura con los brazos cruzados sobre su estómago. Se rió y se rió, luego nos señaló, y se rió más. —¡Ustedes, niñitos, son lo más divertido que he visto!

Se veía muy feliz. No sabía que yo había perdido la última oportunidad para ganar un premio.

Ki lo vio cuando yo me senté.

—Es David. —Ki susurró como si fuera un secreto.

El festejo al otro lado del patio nos hizo voltear a mirar. Mari y otro primo gordo habían alcanzado la cerca. Mari bailó y agitó la papa en su mano.

—No es justo. —Me sobé la frente. Cuando vi la papa cerca de mi pie, la recogí—. Nosotros llegamos a la cerca primero.

—Supongo que nos equivocamos de cerca —dijo Ki. Se levantó y se volteó hacia David y los botes de basura—. ¿Por qué no estás observando? Hoy es mi cumpleaños.

—¡Sí! —Estaba tan enojado con la tonta papa. La tiré a la cerca. La papa dio un golpe fuerte contra el alambrado entre David y yo.

David saltó hacia atrás. Su risa cesó. Su cara se endureció como una piedra. Cruzó sus brazos huesudos sobre su pecho.

—Me puedo parar donde yo quiera, Chino —dijo con su voz mala.

—¡No me llames así! No me gusta —dijo Ki.

—¡Invítame a tu fiesta la próxima vez! —Vio a Ki enojado. Luego me miró enfurecido—. Y tú, niñito, ¡eres exactamente como tus hermanos!

Su mirada fija se elevó sobre nuestras cabezas, como que vio algo detrás de nosotros. Se dio vuelta rápidamente y corrió. Mike, Gabe y el papá de Ki aparecieron en la cerca justo cuando David tomó una de sus viejas bicis en la curva.

David se fue alejando mientras el papá de Ki preguntaba: —¿Quién es ese niño, Ki?

—Nadie —dije, y sin ninguna razón, empecé a llorar.

Mike me miró asombrado: —Joe, ¿por qué lloras? ¿Te lastimaste con el alambrado?

Gabe se agachó y me tomó del brazo. Me levantó mientras yo lloraba más fuerte.

—Joe, ahora no es el momento de actuar como un bebé llorón. Estamos en una fiesta —dijo.

Aún me sentía confundido por haber corrido con la cabeza agachada. Y luego choqué con el alambrado, después David se rió de nosotros y al final ¡no ganamos el juego!

—No es ju-ju-justo —Lloré—. Que-que-quería un premio.

—¡No actúes como un bebé! Te doy mi yo-yo —dijo Gabe. Me soltó para meter la mano en su bolsillo. Sacó un yo-yo de madera con rayas y me lo dio.

Me froté los ojos húmedos y moví la cabeza. Estaba tan cansado, tan enojado. Olía a papa sucia. Acababa de chocar con el alambrado. No quería un yo-yo. No sabía lo que quería. Me cubrí la cara con mis manos. Más lágrimas calientes corrieron por mis mejillas.

El papá de Ki puso su brazo en mi hombro: —Hay uno o dos premios extras. Tú y Ki trabajaron muy duro. Me aseguraré de que recibas un premio, Joe.

Me sentí mejor ahora que había explotado. Y el papá de Ki me iba a dar un premio. Me deslicé los dedos por la cara para limpiar las últimas lágrimas.

—Vamos, niños. Ya es hora de cortar el pastel y de comer helado. —El papá de Ki nos llevó hacia el

HAPPY BIRTH

grupo de niños y adultos alrededor de las mesas de picnic.

Vi a Ki caminar de regreso para recoger la papa que tiré a la cerca.

—¿Qué estás haciendo? —le pregunté, me sorbí la nariz.

—Voy por la papa. Mi papá las cocina en el asador. Necesitamos todas las papas de la canasta. Hay muchas personas en nuestra familia a quienes tenemos que alimentar.

Miré a Ki con una sonrisa. —Asegúrate de comer *esa* papa, ¿de acuerdo?

—¡Lo haré! —Ki se rió al tirar la papa en el aire. La atrapó con las dos manos—. Tenemos que practicar para la próxima fiesta; o para tu cumpleaños, Joe. Dile a tu mamá que quieres hacer el juego de la papa en tu próxima fiesta de cumpleaños, ¿de acuerdo?

—Está bien —dije. Ya no me dolía tanto la cabeza de papa—. Ki, mi cumpleaños es en octubre. Tendremos mucho tiempo para practicar. ¡Entonces sí que ganaremos!

Más tarde cantamos, "Feliz cumpleaños" cinco veces, una para Vicky, otra para Ki y el resto para otras tres personas. Comimos helado de unos vasitos de papel. Comimos un trozo del pastel de chocolate de Vicky y Ki y un trozo del pastel blanco de Tía Nettie.

Justo cuando estaban por abrir los regalos, el papá de Ki vino a nuestra mesa con un pequeño paquete en la mano. Pensé que era un regalo para Ki.

Caminó hacia mí. Colocó la bolsa transparente con una pistola de agua verde en la mesa enfrente de mí.

—Toma, Joe. Esto es para ti —dijo. Frotó mi cabeza con su mano—. ¡Puedes dispararle a las papas con ella!

Gabe me dio un codazo en las costillas. —Di gracias —me susurró.

Le sonreí al papá de Ki: —Gracias. —Tomé el paquete. Sentí como si también fuera mi cumpleaños.

Y cuando el papá de Ki sacó una bici roja nueva con arreglos negros brillantes y dorados, vitoreé tan fuerte como Ki. Al final teníamos una bici para pasear. ¡Ya quería probarla!

Capítulo siete

Animales de callejón

—Ki, nunca debes dejar la bici afuera, ¡jamás! —le dijo Mike al día siguiente—. Si quieres tomar agua, lleva la bici contigo a la cocina.

—Deja la bici en el garaje por la noche —Gabe dijo sabiamente.

Tony habló: —¿Qué si David intenta meterse y robarla por la noche?

—Dile a tu papá que te compre una cadena gruesa con un candado grande —contestó Albert—. Y luego encadena la bici a la defensa del auto de tu papá.

—Tienes que conseguir un perro guardián —dije—. Un perro grande y malo que se coma cualquier cosa.

—Podrías poner una trampa. —Mike hizo gestos con sus manos—. Haz un hoyo y cúbrelo con ramas. Lo vi en una película de Tarzán.

Albert apuñaló el hombro de Ki con sus dedos puntiagudos. —¿Sabe tu papá donde comprar alambre de púas?

Ki movió la cabeza. Me vio y me dijo: —No quiero que David se lleve mi bici, Joe. —Sus ojos oscuros brillaban como dos canicas negras.

Yo tampoco quería que se robaran la nueva bici. Ki dejó que primero los niños grandes se pasearan en su bici por la calle. Mis hermanos mayores y los Guerra eran demasiado altos para pasear en la bici cómodamente. Cuando pedaleaban, sus rodillas golpeaban el manubrio.

—Esta cosa es muy chica —dijo Tony—. Apuesto que hay una forma de hacerla más alta. —Caminó la bici hacia donde estábamos parados en la curva enfrente de la casa de Ki—. Podrías elevar el manubrio o bajar el asiento, o algo. Entonces estará perfecta.

Ki tomó los cuernos: —Esta bici es de *mi* tamaño. —Le quitó su bici a Tony—. Me gusta exactamente como está. Tú arregla tu propia bici. Deja la mía en paz.

Nunca habíamos escuchado a Ki enojarse tanto. ¿En verdad estaba enojado con Tony? ¿O le habían afectado nuestras historias de David el robabicis?

Me limpié las manos sudorosas en mi camisa. —Ki, ¿me dejas pasearme en tu bici? Yo soy de tu tamaño.

Movió la cabeza. —Quiero pasear en mi bici un rato, Joe.

—Sí —miré el suelo y dije— está bien.

—Vamos por *nuestras* bicis —dijo Albert. Todos los muchachos mayores corrieron.

Me quedé en la acera, observando a Ki pasearse por la calle con rapidez para arriba y para abajo. Al instante, los muchachos grandes comenzaron a pasearse con Ki. Todos reían mientras jugaban carreras o intentaban pasear sin manos o controlar el manubrio con sus rodillas.

Mi amigo Ki no me olvidó como lo hicieron mis hermanos. Después de pasearse varias veces por la calle, Ki se detuvo en la curva a mi lado. Se bajó de la bici y dijo: —Toma, Joe. Date una vuelta.

El pasear en la bici de Ki me dio alas. Pedaleé más y más rápido como si pudiera volar al cielo. Nunca me había paseado en una bici nueva antes. No sentía ninguno de los baches de la calle. Las llantas se mantuvieron derechas sin tambalearse. Los pedales se sentían suaves bajo mis pies descalzos.

Tony estaba *tan* equivocado. La bici de Ki era *perfecta*.

Yo sabía que había llegado el momento de pedirle a mi papá una bici mejor para mí. El año pasado había paseado en la vieja bici de Mike. Hace dos años, cuando un primo mayor nos la dio, la bici ya era vieja y estaba destrozada. Mike se paseó en ella como un imprudente y la chocó muchas veces. Las defensas se habían roto y separado. El manubrio se había torcido y enderezado demasiadas veces como para poder manejarla bien. Las viejas llantas jamás detenían el aire por más de dos horas. La había olvidado un montón de veces en la galería de enfrente y a la mañana siguiente, siempre estaba donde la dejaba. Ni siquiera David quería robar esa bici.

Entre más paseaba en la bici de Ki, más quería una nueva para mí. No tenía que ser nueva, pero tampoco una chatarra.

Mi papá había estado trabajando hasta tarde últimamente. Mi mamá estaba ocupada limpiando la casa para la fiesta de bautismo de mi hermanito. Las fiestas siempre hacen que todos estén contentos. Después de la fiesta tal vez podría pedir una bici mejor.

En nuestra familia, los bautismos son celebraciones más grandes que los cumpleaños. Mamá usualmente invitaba a nuestros abuelos, a Tío Tulio, a Tía Rebe y a sus familias, a la familia Guerra, y al Dr. y señora Smitty. Para la fiesta de mi nuevo hermano Vincent, Mamá invitó a la familia de Ki también. Como tenían que ir a la boda de un amigo antes, dejaron que Ki se quedara con nosotros. Ki estaba vestido con pantalones planchados y una camisa limpia como mis hermanos y yo para el bautismo del bebé en nuestra iglesia.

Lo que más recuerdo de los bautismos de los bebés es mucho llanto de niños. Lo recuerdo porque vi el bautismo de mis primitos y el de mi hermanito, Frank. Todos los bebés Silva llevaban el mismo traje blanco que mi bisabuela hizo. Tal vez les picaba demasiado. Tal vez el agua estaba muy fría, o tal vez la voz del padre era muy alta. Cualquier cosa que fuera, algo era seguro: a los bebés en mi familia no les gustaban los bautismos.

Ese domingo por la tarde Vincent gritaba como loco. Apuesto que su llanto asustó a las palomas que se escondían en la torre.

No dejaba de llorar mientras seguíamos a mis papás y a mis abuelos al salir de la iglesia. Ambas abuelas habían intentado cargarlo, pero lloraba y lloraba. Mi mamá lo tomó y casi bajó los escalones de la iglesia corriendo. Apuesto que le daba vergüenza.

—Tu hermanito llora mucho —dijo Ki mientras caminábamos hacia el estacionamiento.

—Frank fue peor —dijo Mike—. El llanto fue tanto que el padre tuvo que apagarse el aparato que usaba para escuchar.

Ahí fue cuando me froté las orejas. —Me gustaría que hubiera un botón para apagar a Vincent.

—El llanto se detendrá cuando Mamá le dé de comer —dijo Gabe—. A Vincent le encanta comer más que nada.

—Ya quiero comer también. Estoy muerto de hambre —dijo Mike.

Ki y yo nos fuimos a casa en el carro de Abuelo Rudy. Ya no queríamos escuchar el llanto de Vincent.

En casa, Tía Rebe estaba esperando a que todos regresáramos de la iglesia. Había estado ocupada preparando las mesas en el patio de atrás. Había calentado la comida. Mamá había hecho lo mismo en casa de Tía Rebe cuando sus hijos fueron bautizados. Tina se había quedado para ayudar.

—Tienes suerte de no tener hermanos menores —le dije a Ki. Tuvimos que quedarnos en la galería cuando todos se metieron—. Sólo lloran y cagan todo el tiempo.

—Las hermanas bebés también hacen eso. Por lo menos cuando Frank y Vincent crezcan pueden jugar juntos como lo haces tú con Gabe y Mike. —Ki miró hacia su casa—. Cuando mis hermanitas crezcan, serán igual de bobas que Vicky.

Tina salió por la puerta de enfrente: —Oye, Joe, la señora Smitty acaba de llamar por teléfono. Tiene algo de comida para la fiesta, pero el doctor Smitty aún no llega a casa. Mamá dice que debemos ir por la comida.

—¿Por qué no van Diana y Margie contigo? —contesté.

—Ellas tienen otras tareas. ¡Vamos! ¡Mamá dijo . . .!

—Está bien —contesté—. Vamos, Ki.

Era más rápido llegar a casa de señora Smitty por el callejón. Salimos por la reja de atrás.

Tina bajó el cerrojo para mantener la reja cerrada. —Espero que podamos cargar todas las cosas nosotros. Si no, llamaré a Gabe y a Mike . . .

Dos fuertes silbidos hicieron que Tina se detuviera. Todos nos volteamos. Vimos a lo largo del callejón. Pero no vimos a nadie.

Ki dijo: —Espero que David no espíe tu fiesta como lo hizo en la mía.

—¿Creen que fue David quien silbó? —Tina miró alrededor una vez más.

—No puede venir a nuestra fiesta —dije—. Papá lo correría.

—¡Vamos! Vamos a casa de la señora Smitty —dijo Tina. Me jaló del brazo. Tomé el brazo de Ki. Caminamos un poco más rápido, por si acaso.

Adentro de la casa de la señora Smitty, nos relajamos. Su aire acondicionado nos refrescó las caras calientes. Su casa olía a galletas y a pan recién horneado. Nos ofreció limonada cuando entramos a su cocina.

—No, gracias, señora Smitty —dijo Tina en un tono educado que habría enorgullecido a Mamá.

—Yo quiero limonada —dije.

—Yo también —dijo Ki.

Tina inclinó su cabeza, y dijo en un tono no tan educado: —No tenemos tiempo para tomar limonada. Mamá nos está esperando, Joe.

—Sólo un vaso pequeño para los niños. No me tomará mucho tiempo prepararlos. Tina, también te prepararé uno a ti. —La señora Smitty sonrió como si estuviera feliz de tenernos dentro de su casa. La mayoría de los adultos que conocíamos nos querían *fuera* de sus casas para que no quebráramos nada.

La señora Smitty abrió la puerta del gabinete. Cada vaso estaba parado en una línea derecha. Estaban ordenados de acuerdo a su tamaño, desde los vasos chicos para el jugo hasta los altos para el té. Todos brillaban de limpios. Sus vasos podrían estar en la tele.

En nuestra casa, ninguno de nuestros vasos hacía juego. Mamá compraba un vaso de aquí o allá para reemplazar los que quebrábamos. Lavaba los trastes, pero nunca los alineaba como soldados en formación. Y nunca había hecho una limonada tan rica como la de la señora Smitty.

Su limonada era agria y dulce al mismo tiempo. Había empezado a pedirle un segundo vaso cuando Tina me pateó el zapato. Estábamos apoyados en la barra de la cocina.

—Debemos regresar a casa, señora Smitty. Gracias por la limonada —dijo Tina.

Cuando Ki y yo no dijimos nada, Tina me pellizcó el brazo.

—¡Ay! —salté y pisé el pie de Ki.

—Dale las gracias a la señora Smitty por la limonada —dijo Tina disimuladamente.

Me froté el brazo. —Gracias por la limonada, señora Smitty.

—Gracias por la limonada —dijo Ki, un segundo después.

—De nada, niños. —Nos sonrió—. Espero que el doctor Smitty no llegue muy tarde. No quiero perderme la fiesta.

—No se preocupe —dije—. ¡Nadie se va temprano de las fiestas de bautismo!

Señora Smitty le entregó a Tina un tazón con la ensalada de papa que había hecho. Le dio a Ki una caja de galletas que olían deliciosas. Yo cargué una canasta de panes recién horneados. Salimos de la casa de los Smitty y caminamos por el callejón a casa.

—Este pan huele tan rico —le dije a Ki.

—Estas galletas huelen muy rico, Joe. Ya quiero comerlas —dijo.

En ese momento fue cuando escuchamos un ruido. Algo como un golpe fuerte, pero más profundo, como que salía de ultramar. Pensamos que escuchamos un grito. ¿O era un eco?

Caminamos más despacio cerca de los botes de metal en nuestra cerca de atrás. Los ruidos se hicieron más fuertes.

—Hay algo en el bote de basura —dijo Tina.

—A lo mejor es una zarigüeya —dije—. ¡Son malas! Déjala allí adentro, Tina.

Escuchamos unos pequeños golpecitos en el fondo del bote. Después lo vimos oscilar de un lado al otro. La tapa estaba bien puesta.

Un grito fantasmal de ayuda hacía eco adentro del bote de basura.

Los tres saltamos hacia atrás con el sonido.

—¡Es una voz! ¡Hay alguien adentro del bote de basura! —grité.

—¡Tal vez es uno de los Guerra que nos están haciendo una broma! —dijo Tina.

Ki corrió hacia la cerca de atrás de nuestra casa.

—¡Gabe! ¡Mike! ¡Hay algo en el bote de basura! ¡Vengan para acá!

Mis hermanos mayores salieron bien rápido. Tina y yo observábamos el bote. Estoy seguro que todos teníamos miedo. Al mismo tiempo, quería ver lo que había adentro.

—¿Qué pasa, Joe? —preguntó Gabe—. ¿Qué hay en el bote de basura?

Mike golpeó la tapa. Escuchó un sonido más fuerte, como un grito cubierto por una almohada. El

bote osciló de lado a lado. Los golpes en el fondo del bote sonaron como suaves martillazos.

—Aléjense —dijo Mike—. ¡Voy a jalar la tapa!

Mis manos apretaron fuertemente el asa de la canasta de la señora Smitty. Estaba listo para girarla con fuerza. Apuesto que podría pegarle a *cualquier* cosa que saliera del bote de basura.

Mike tomó la delgada asa de metal de la tapa y jaló con fuerza. Su mano sudada se deslizó. —¡Guácatelas! Está atorada.

Gabe empujó a Mike. —Déjame intentarlo.

Todos sabíamos que Gabe era macizo y fuerte. Le tomó un par de gruñidos profundos y varios tirones. En el tercer intento de Gabe, la tapa del bote de basura se soltó, y el bote quedó destapado.

Todos nos asomamos.

La cara sudada de David nos observaba.

—Ayúdenme. —Su voz rasposa gimió—. Estoy atorado. ¡Ayúdenme!

Capítulo ocho

El niño de la camiseta negra

Los anchos hombros de David lo tenían atorado en el bote de basura. No se podía mover, excepto para mover el bote de lado a lado.

Después de que sobrellevamos la sorpresa, empezamos a reír. Nuestra risa sólo hizo que David, como siempre, nos gritara. —¡Esto no es divertido! ¡Sáquenme de aquí!

—¿Cómo pudiste ser tan tonto? —Mike apuntó a David y se rió aún más fuerte.

—¿Cómo te metiste en el bote de basura? —le preguntó Gabe.

La cara asoleada de David se frunció enojada. —Me atoré, eso es todo.

No podría creer que tuviéramos a David atrapado. No podía hacer cosas malas. No podía robar nuestras cosas. Estaba completamente indefenso. Quería patear el bote de basura. Verlo rodar por el callejón con él dentro. Quería saber qué había hecho con la pelota de Ki, con nuestros zancos, con mi juego de damas chinas.

Gabe dijo: —No te vamos a ayudar, David, si no nos dices por qué estás allí. Habla. —Cruzó los brazos. Se plantó firmemente en el suelo.

La voz de David era un gruñido de coraje. —¡Sáquenme de aquí!

Mike se acercó al bote. —No vas a salir si no hablas.

De repente David gritó bien fuerte: —¡No! ¡Sáquenme de aquí!

Ninguno de nosotros se movió de donde estábamos. Nos sentíamos muy valientes con nuestro enemigo pelirrojo en el bote de basura.

Mike recogió la tapa del bote de basura. —Dejen a David ahí adentro. Los basureros vendrán mañana. Que ellos lo encuentren. —Levantó la tapa de metal sobre el bote.

—¡No! ¡No! —Los ojos de David se abrieron grandes y redondos—. No me dejen aquí. No puedo sentir mis piernas. He estado atorado aquí por mucho tiempo. ¿Qué si tengo que hacer?

—Entonces tienes que hablar. —Mi voz sonó fuerte y emocionada—. Vale más que digas la verdad, David. Mis hermanos pueden ser tan malos como tú.

El pelo de cepillo de David estaba resbaloso con su sudor. Su cara sucia y mojada hacía que mi estómago se sintiera raro, como cuando digo una mentira y meto a alguien más en problemas.

—¡David! ¿Por qué estás atorado en un bote de basura? —Le pregunté con la voz más fuerte que tenía.

Nos volteó a ver a todos. Luego bajó los ojos. Habló despacio: —Los vi caminar por el callejón. Quería asustarlos. Así es que me metí en uno de los botes vacíos. Cuando escuché que alguien estaba en la cerca. Me agaché en el bote y puse la tapa encima. De pronto alguien cerró la tapa con fuerza.

Gabe le dio un codazo a Mike. —A lo mejor fue Abuelo Rudy. Él siempre cierra con fuerza las tapas de los botes de basura para que los animales no se metan.

Mike sonrió y elevó una ceja. —Ahora atrapó a una rata roja, ¿verdad?

Tina dijo: —Fuiste malo al tratar de asustarnos. —Abrazó el tazón con la ensalada de papa en su cintura—. Recibiste tu merecido, David. Pero si pides perdón, te ayudaremos. ¿Te arrepientes? —Se oía como la espantosa hermana Arnetta.

Yo no era como mi hermana. Quería asegurarme de que consiguiéramos algo más que un "Perdón" si sacábamos a David. —Tienes que prometer que ya no robarás nuestras cosas, David, que vas a dejar de empujarnos a la piscina y que ya no vas a intentar asustarnos más. Tienes que prometérnoslo, David, de verdad prometerlo.

—¡Sí! —dijo Gabe. Mike, Tina y Ki agregaron sus "síes" también.

David nos miró con un poco de enfado. Después suspiró.

—Prometer, ¿eh? —Su voz sonó triste y cansada. No había ojos enojados, ni cara enfadada—. ¿Cuándo me prometió algo alguien a mí? —Su cara café se

había abierto con sus palabras. Era como una ventana a su cabeza.

Y por primera vez, me pregunté cómo serían las cosas para David. No sabíamos nada de él. Atorado en un bote de basura, tan triste, sentí pena por él. Pero sólo porque me daba pena no quería decir que podría ser nuestro amigo.

Gabe habló fuerte: —David, tenemos que ir a una fiesta familiar. Vamos, Mike. Ayúdame a sacarlo del bote.

Tina me pegó en el hombro. —Vamos, Joe. Tenemos que llevarle esta comida a Mamá. Ki, vamos.

—No me quiero ir —le dije a mi hermana—. Quiero ver cómo sacan a David del bote de basura.

—No, tenemos que irnos. Mamá está esperando la comida. —Tina me empujó, y Ki nos siguió.

Escuché que Mike dijo: —Podríamos agarrarlo por el cuello y jalarlo.

Gabe contestó: —¡Lo vamos a ahorcar! Piensa en otra cosa.

Abrí la cerca y corrí hacia la mesa bajo la cubierta del patio. Mamá, mis abuelas y Tía Rebe ya estaban sirviendo los platos de comida. Coloqué la canasta enseguida de la olla de arroz y dije: —¡Mamá, no vas a creer lo que pasó! ¡David se atoró en nuestro bote de basura.

—¿Qué? —Mamá se quedó con la cuchara de servir en el aire. Dejó caer la cuchara en la olla con arroz. Se volteó a verme, pero sus manos alcanzaron la caja de galletas que Ki cargaba—. ¿Qué estás tratando de decirme, Joe? ¿Quién está en el bote de basura?

Para entonces, Tina nos había alcanzado: —Mamá, David se atoró en uno de los botes de basura del callejón. Gabe y Mike están tratando de sacarlo. —Le entregó el tazón con la ensalada de papa a Abuela Ruth.

Sonreí: —Se ve divertido, Mamá. Lo único que puedes ver es su cabeza. Sus hombros están bien atorados. —Volteé a ver a Ki. Ambos nos reímos.

—¡Ay, no! —Mamá puso la caja en la mesa. Se volteó y llamó a Papá—. ¡Amaro! ¡Amaro!"

Papá se inclinó por encima del asador humeante cerca de Abuelo Rudy y Tío Tulio. Elevó la cabeza y vio hacia Mamá. —¿Qué pasa?

Mientras Mamá caminaba hacia Papá, un bote de basura rodó a nuestro patio. Gabe y Mike lo habían empujado desde el callejón. Todos los que estábamos en el patio dejamos lo que hacíamos para ver. Cada uno de mis hermanos tomó una agarradera y levantaron el bote. La cabeza de David se movió de un lado a otro. ¡Tenía que estar súper *mareado* de tanto rodar adentro del bote!

Gabe gritó: —No lo podemos sacar.

De un momento a otro todos rodearon el bote de basura. Ninguno de nosotros habíamos visto a David así antes. Sus ojos estaban bien redondos. Sus labios temblaban. Parecía que tiritaba.

Tío Tulio y Abuelo Rudy intentaron jalar por arriba. Sus dedos estaban muy grandes para soltar los hombros de David.

—Podríamos derramar aceite para cocinar sobre él —Abuela Ruth dijo—. A lo mejor así puede deslizarse.

—¡Guácatelas! —Tina, Ki y yo dijimos al mismo tiempo.

La boca de David se abrió. Movió la cabeza pero no le salieron las palabras.

—Ya sé qué vamos a hacer —dijo Papá—. Tengo las pinzas para cortar metal en la camioneta. Cortaré un lado y abriremos el bote. —Se fue a traerlas.

—¿Cuánto tiempo hace que estás en este bote, hijo? —Abuelo Rudy le preguntó. Habló suavemente, como le hablaba a cualquier persona en su familia—. ¿Cómo te paso esto?

David tragó fuerte. —No lo sé. —Su voz sonó raposa.

Jalé el bolsillo del pantalón de abuelo. —Abuelo Rudy, ¿usted sacó la basura hoy? —le pregunté.

Se agachó y acarició mi cabeza: —Sí, m'ijo, sí la saqué. ¿Por qué?

—Creemos que usted puso la tapa encima de David. Él se había escondido ahí para asustarnos; pero se atoró. Gabe tuvo que arrancar la tapa con fuerza. —Vi a Ki—. ¿Verdad?

Ki asintió con la cabeza rápidamente. Vio a todos los demás, y asintió otra vez.

Abuelo Rudy se hincó en una rodilla cerca del bote de basura. —Lo siento, David. Pero Amaro te sacará de aquí. No te preocupes. —Sus dedos tocaron la orilla del bote de basura.

Papá no perdió tiempo en regresar con las pinzas para cortar metal. Eran como unas tijeras negras gigantes con gruesas navajas plateadas. Tío Tulio y Abuelo Rudy sostuvieron el bote. Papá hizo tres cortes. Puso las pinzas en el pasto. Después jaló la parte superior del bote en la dirección opuesta. Hizo que el corte se abriera.

—Ten cuidado al levantarte —Papá le dijo a David—. No te cortes con las orillas.

Abuelo tomó a David por debajo de los brazos y lo jaló. Lo sacó del bote y lo paró a su lado. David se veía pequeño al lado de Abuelo.

Las chicas aplaudieron y celebraron. David se alejó de la mano de Abuelo, pero sus piernas temblaron como la gelatina. Casi se cayó, pero Tío Tulio agarró a David por el otro brazo.

—Con calma, hijo —dijo Tío Tulio—. Tus piernas van a estar acalambradas y cansadas por estar en cuclillas por tanto tiempo dentro del bote.

—Estoy bien —dijo David de mala gana. Actuó como si no estuviera agradecido—. Debo irme.

Papá recogió las pinzas. —¿Por qué no te quedas y comes con nosotros? Tenemos suficiente comida.

La cara de David de repente pareció hacer juego con su cara. —No, debo irme. —Se frotó las manos en la camiseta gris que probablemente sería blanca si no estuviera tan sudada.

—Anda, David —Papá le dijo—. Tenemos mucha comida. Podemos poner una silla extra en la mesa de los niños. Tú conoces el dicho en español "mi casa es su casa". Por favor quédate y come con nosotros.

David no pudo evitar disfrutar del rico aroma de la barbacoa. Se lamió los labios y observó toda la comida en la mesa detrás de nosotros.

Mamá puso la mano en el hombro de Gabe: —Hijo, ¿por qué no llevas a David adentro para que ambos se laven? Y préstale una de tus camisetas mientras que la de él se seca. No quiero que se enferme por este accidente.

La cara de Gabe estaba púrpura, pero sólo asintió hacia Mamá. Volteó hacia David. —Vamos, David, entremos.

No lo podíamos creer cuando David siguió a Gabe tranquilamente. David iba a entrar a nuestra casa. Esperaba que David no se robara ninguno de mis juguetes.

Mamá aplaudió rápidamente: —Está bien, niños. Siéntense. Ya es hora de comer.

—No tuvo que decirlo dos veces. Una vez que puso los platos enfrente de Ki y de mí, olvidé que David estaba adentro de nuestra casa. Cuando David finalmente se sentó al lado de Gabe y enfrente de Mike, llevaba una camiseta negra con un beisbolista que le pegaba a una pelota. La camiseta no era nueva, pero era una que le gustaba mucho a Gabe.

Mamá puso un plato enfrente de David: —¿Te gusta la carne asada, David?

—Sí, me gusta. ¿Tiene tortillas?

—Sí tenemos —dijo Mamá—. Tina, dale una tortilla a David, por favor.

Usualmente en una fiesta familiar, nos reíamos, hacíamos chistes y a veces empezábamos discusiones locas. Pero con David en nuestra mesa, comiéndose la carne, la ensalada de papa, el arroz y los frijoles como una aspiradora, sólo podíamos poner cucharadas de comida en nuestras bocas y observar a nuestro "invitado".

Mis primas, Diana y Margie, que *siempre* se sentaban con Tina, se llevaron sus platos a otra mesa. Nos observaban y cuchicheaban.

Antes de que Papá se sentara en la mesa grande con los adultos pasó a preguntarnos: —¿Alguien quiere servirse otra vez? ¿David, quieres más comida?

David se chupó los dedos y dijo: —Claro que sí, está rico.

Mientras Papá se llevaba el plato de David para servirle más, Mike finalmente habló para hacer la pregunta que todos estábamos pensando: —¿Dónde vives, David?

—No muy lejos. —David se limpió los dedos sucios en el frente de la camiseta prestada.

Gabe se mordió el labio y se quedó callado, pero sabíamos que quería decir mucho.

David miró alrededor de la mesa, todos lo veíamos. Se encogió de hombros y dijo: —Vivo detrás de la tienda Seruya.

—¿Dónde? —Ki preguntó.

—Una tienda que tiene mi tío. Vendemos cosas.

Mike rompió una tortilla: —¿A qué te refieres con "cosas"?

David encogió los hombros: —Cosas, chatarra, todo. Teles viejas, ropa, trastes, juguetes, bicis. Cualquier cosa que encontramos para vender.

Probablemente todos nos preguntábamos lo mismo: ¿Acaso venderían algo que David nos haya robado? Pero decidí preguntar otra cosa: —¿De dónde sacas todas tus bicis?

—¿Cuáles bicis? —David me vio como si le estuviera preguntado si podía volar.

—Todos los días te vemos con una bici diferente —le dije—. ¿Son todas tuyas?

—No. —Se encogió de hombros otra vez—. Mi tío repara bicis para ganar dinero extra. Yo me paseó en ellas para asegurarme de que vale la pena arreglarlas. Mi tío las vende después.

—¿Alguna vez ha vendido unos zancos tu tío? —le pregunté a David.

—¿Qué es eso? —me preguntó.

Todas mis palabras salieron rápidamente. —Los zancos están hechos de madera. Caminas en ellos. ¿Recuerdas? Tú nos estabas viendo detrás de los arbustos. Luego los robaste —dije.

Ese fue el momento en el que Tina aspiró el aire como si se hubiera tragado una espina de pescado. —David no se robó tus zancos. Papá se enojó porque los dejaste afuera. ¡En la mañana, Abuela Ruth se tropezó con ellos y casi se quebró una pierna! Papá se llevó los zancos de vuelta al taller y también escondió las damas chinas allí. Lo escuché contarle todo a Mamá. Estaba bien enojado. Ustedes aún no se levantaban.

Sentí como que tenía un hueso atorado en la garganta. No sabía qué decir. Además, Papá había regresado a la mesa con más comida para David. Ninguno de nosotros estábamos listos para recordarle algo por lo que tenía que regañarnos. Nos quedamos sentados y vimos a David aspirar el segundo plato de comida.

Capítulo nueve

David

Si te puedes imaginar las caras de dos niños que vieron a una gallina conducir un auto, entonces entenderás cómo eran las caras de Tony y Albert Guerra cuando vieron a David sentado con nosotros.

La señora Guerra seguía disculpándose con Mamá por haber llegado tarde. Explicó en español que sus primos de México tardaron mucho en irse.

Tony y Albert no decían nada. Sólo se quedaron parados, observando.

Finalmente, Gabe habló: —Papá invitó a David a comer con nosotros.

Yo dije: —Sí, se atoró en nuestro bote de basura.

—¿Tu bote de basura? —Albert tuvo que sonreír—. Me hubiera gustado verlo.

—¡Ja! ¿Estaba buscando comida? —Tony dijo en voz alta y empezó a reírse.

Tina se levantó y con su dedo derecho apuntó a la nariz de Tony. —Fue un accidente, eso es todo. Podría haberle sucedido a cualquier persona. ¿Por qué no se sirven algo de comer? Les mantendrá la boca ocupada, bien ocupada para no decir cosas estúpidas sobre David.

Todos vimos a Tina, especialmente David. No creo que esperaba que Tina lo defendiera. Ninguno de nosotros lo esperaba.

Tony y Albert se sonrojaron mientras seguían a Tina de regreso a la mesa de la comida.

—¿Quiénes son todas esas personas? —David apuntó hacia los adultos.

—Ésta es nuestra familia —dijo Gabe—. Bueno los Guerra son nuestros vecinos, pero nuestros papás son sus compadres.

—Compadres —repitió David.

—Eso significa que son padrinos de alguien en la familia —dijo Mike—. ¿Sabes lo que son padrinos? Tú sabes, padrinos. . . .

David miró a Mike con enfado. —No soy estúpido. Yo sé lo que significa padrinos. Yo también tengo padrinos.

—¿En serio? —Le dije dudando. Jamás pensé que un niño como David tuviera padrinos—. ¿Y qué pasó con tus papás?

David me vio fijamente. —Vivo con mi abuelita. Mi mamá murió.

Ninguno de nosotros sabía qué decir. En ese momento apareció Mamá con una charola con platos pequeños. Cada uno tenía una rebanada gruesa de pastel de chocolate cubierto con vainilla que había hecho Abuela Ruth.

—Espera a que pruebes esto —le dije a Ki—. ¡Abuela hace un pastel riquísimo!

Los Guerra regresaron a la mesa con platos de comida. Empezaron a contar historias divertidas de sus primos mexicanos que se acababan de ir. Hasta David se rió de la imitación que Tony hizo de su tía quien despreciaba la comida de su mamá. La historia de Albert sobre su tío quien se encerró a sí mismo en el baño también hizo que David sonriera.

Nunca había visto a David actuar como un niño normal, sonriendo y riéndose. Supongo que nunca pensé que fuera como nosotros. Sentado allí con la camiseta de Gabe, David se veía como cualquier otro niño divirtiéndose en una fiesta familiar.

Los papás de Ki aparecieron después. Tina sonrió bien grande cuando vio a Vicky. Se llevaron a las dos hermanitas de Ki y se movieron a la mesa de nuestras primas. Vicky seguía viendo nuestra mesa. Sabíamos que Tina les estaba contando todo lo que había pasado hoy.

El papá y la mamá de Ki fueron a cada mesa. Saludaron a cada persona. El señor Pérez se inclinó y saludó a David. Sonrió y dijo: —Creo que te he visto pasear en tu bicicleta por nuestro barrio, hijo. Gusto en conocerte.

David sólo asintió y tragó fuertemente. —Sí, —croó.

Luego llegaron el doctor y la señora Smitty. Ella tenía otra caja de galletas en las manos. Nuestro sacerdote, padre Rollin llegó después. Él había bautizado a todos los niños Silva y Guerra. Él también era como parte de nuestra familia. Le encantaba comer en todas las fiestas de bautismo.

Nuestro patio se oscureció y se puso frío. David habló muy poco después. Pero se tragó tres rebanadas de pastel. Se lo comió con los dedos en trozos grandes y sucios.

Se limpió la boca con la orilla de la camiseta. Luego se levantó. —Ya me tengo que ir. La comida estaba rica.

Seguía esperando que alguien lo codeara y le dijera, "Di gracias", como mis hermanos y hermana me lo decían a cada rato. Lo único es que nadie se movió.

David nos vio rápidamente. Cuando nadie habló, se volteó y caminó hacia la puerta trasera. Parecía que se derretía en la oscuridad. Después que se fue, todos permanecimos en silencio durante varios largos momentos.

Hasta que Mike dijo: —¡Oigan! ¡David se quedó con la camiseta de Gabe!

Las fiestas de bautismo eran divertidas, pero siempre había que hacer trabajo después de que se iban todos nuestros amigos. Gabe y Mike ayudaron a Abuelo Rudy a recoger las mesas. Las apilaron en el garaje. Tío Tulio y las chicas recogieron las sillas plegadizas.

El trabajo de Papá era recoger toda la basura. En la bolsa negra para la basura que llevaba en la mano puso desde los platos de papel hasta el papel aluminio usado. Era un trabajo sucio, pero esta noche yo había planeado ayudarlo. Desde que David se fue, una idea me había quedado dando vueltas como una llanta de bicicleta en la cabeza.

Caminé hacia donde estaba Papá en la mesa de la comida. Había dejado la bolsa medio llena y estaba enrollando el mantel de papel sucio.

Recogí la bolsa de basura: —¿Le ayudo, Papá?

Me sonrió. —Claro, detén la bolsa, hijo.

Usé ambas manos para que Papá metiera el papel en la bolsa de basura. Casi la solté, pero no lo hice. No quería que Papá se enojara porque había tirado basura. —La tengo, la tengo, —susurré, esperaba que no me hubiera escuchado.

—Sígueme, Joe. —Caminó hacia una pila de platos sucios encima de un bote de basura bien lleno. Levantó lo que se había caído y lo puso en la bolsa.

Gruñí por el peso extra. Apreté la orilla de la resbalosa bolsa con fuerza. —Oiga, Papá, ¿le puedo preguntar algo?

Se agachó al bote de basura y levantó la bolsa llena. Empujó las cosas de arriba para cerrar la bolsa. —Me quieres preguntar sobre David, ¿por qué lo invité a comer con nosotros?

—Ah, no, —dije, tragando saliva. Por qué había comido David con nosotros no importaba. Lo que me importaba era lo que nos había dicho sobre la tienda de su tío. Lo único era ¿cómo podría decirlo sin sonar codicioso?

—Ah, es que, claro, Papá. Quiero saber, ¿por qué comió David con nosotros?

—Se atoró en *nuestro* bote de basura. ¿Crees que no debí invitarlo? —Papá sacó un amarre del bolsillo de su camisa. Cerraba la bolsa mientras hablaba—. He visto a ese niño con la camiseta rota pasearse en una bicicleta vieja. Apuesto a que no come comidas regulares como tú. ¿Qué nos cuesta compartir algo de nuestra cena con él?

—Se llevó la camiseta de Gabe —dije, sin pensar.

—Gabe tiene suficientes camisetas. No la va a extrañar —dijo Papá.

Quería decirle que estaba equivocado. A Gabe le gustaba mucho esa camiseta. En cambio intenté regresar a hablar de lo que verdaderamente quería preguntarle.

—David vive detrás de la tienda que vende cosas usadas —le dije a Papá—. Es la tienda de su tío. David nos dijo que allí venden bicicletas.

—Qué bueno —dijo Papá, y luego sacó otro amarre y lo enredó en la bolsa que yo detenía con manos temblorosas.

Respiré profundamente, y luego exploté con una idea. —¿Podemos ir a ver si tienen una bicicleta de mi tamaño? ¡Ki tiene una bicicleta nueva bien suave! Pero yo sería feliz con cualquier bicicleta. Hasta con una vieja que haya arreglado el tío de David.

Papá se paró derecho. Dejó que la bolsa cayera entre los dos. —¿Quieres que te compre una bicicleta, Joe?

—Sí, señor. —Pensé que el decir "señor" ayudaría—. Papá, la bicicleta vieja que tengo es horrible. Las llantas jamás detienen el aire, y el asiento ya no tiene plástico. Casi me tengo que pasear en el metal.

—Ya veremos. —Papá me frotó la cabeza. Luego levantó la bolsa de basura otra vez. Tomó la otra bolsa y las llevó a los botes de basura en el callejón.

Me adelanté para abrir la cerca, con mi esperanza y mi plan fuertemente agarrados.

La mañana siguiente fue la primera vez que *quería* ver a David pasearse por la calle Ruiz. Quería preguntarle más sobre la tienda de su tío. ¿Dónde estaba? ¿Estaba lejos? ¿Qué tipo de bicicletas estaban vendiendo ahora? ¿Había alguna de *mi* tamaño?

Me senté en la galería de mi casa y esperé. Ki vino y quería jugar. Le dije que hoy estaba esperando a David. Ki era mi mejor amigo. Él esperó conmigo.

—Espero que te compren una bici roja como la mía —me dijo.

Nos sentamos en la galería toda la mañana y hablamos de bicicletas. Ki se tuvo que ir a su casa para almorzar, pero dijo que regresaría. No importaba. Ese día David no se paseó por nuestro barrio.

No lo vimos en la piscina al siguiente día tampoco. Sentía que había un globo adentro de mi estómago que se estiraba más y más, a punto de reventarse.

¡Tenía que hablar con David!

Sólo Ki sabía por qué. No les dije a mis hermanos mayores de mis esperanzas de tener una bici nueva. No quería que uno de ellos me robara la idea. Gabe y Mike podrían pedirle a Papá que les comprara una bicicleta mejor. Y yo me quedaría con la que dejara uno de ellos. ¡Yo quería una bicicleta en la que yo fuera el primero en pasearse en ella!

Para el miércoles, finalmente hablé con Gabe: —¿Por qué no hemos visto a David esta semana?

Nos sentamos en la galería de enfrente pelando nueces que los Guerra encontraron en la despensa de su mamá. Ella dijo que podíamos comerlas. También nos llevamos su molcajete para quebrarlas. Como Mamá, la señora Guerra usaba el molcajete para moler especies o cebollas, chiles y tomates para hacer salsa. Era perfecto para quebrar la cáscara de las nueces. Pero no todas las nueces estaban buenas.

—Esto es tonto —dijo Mike, aventó una nuez podrida en los arbustos detrás de ellos—. ¡Ni una ardilla se comería estas nueces!

Tony carcajeó: —Oigan, tal vez podemos dejarlas afuera para que se las coma David.

—¿Por qué no habrá pasado David por aquí? —pregunté otra vez. Saqué dos nueces. Las apreté en mis manos, intentando quebrarlas. Vi que Gabe y Albert lo hacían tan fácil. Me dolieron las manos.

—¡Ja! Probablemente ya vendió la camiseta de Gabe —dijo Mike—. ¡Y si no lo hizo, a lo mejor se la va a quedar! ¡La llevará puesta la próxima vez que se pasee por la calle, van a ver!

Las cejas de Gabe se unieron en un ceño. Vio a Mike con enfado, pero no dijo nada.

—Bueno, nosotros aún tenemos *su* camiseta —dije.

Mamá lavó la camiseta sucia de David con nuestra ropa. Estaba doblada cuidadosamente encima de la mesita junto a la puerta de enfrente. Hasta le había cosido los tres hoyitos.

—¿Para qué va a querer David esa camiseta? Ahora tiene la de Gabe —dijo Mike.

—¿Creen que le corte las mangas? —preguntó Ki. Tomó la piedra y quebró la nuez. Lo de adentro estaba suave y café—. Oigan, por fin me salió una buena.

—Más vale que David no corte mi camiseta —dijo Gabe con una voz ronca que hizo que todos volteáramos a verlo—. Tío Tulio me la trajo de California. Si David aparece con mi camiseta toda rota, lo voy a destrozar con mis propias manos.

La noche anterior yo había dicho dos oraciones por una bicicleta. Ahora parecía que también tenía que rezar por la camiseta de Gabe. ¿Ahora cómo iba a querer que se apareciera David y al mismo tiempo que no?

Me froté la frente con los dedos. Quería una bicicleta. Y lo único que había conseguido hasta ahora era un dolor de cabeza gigante y rojo.

Capítulo diez

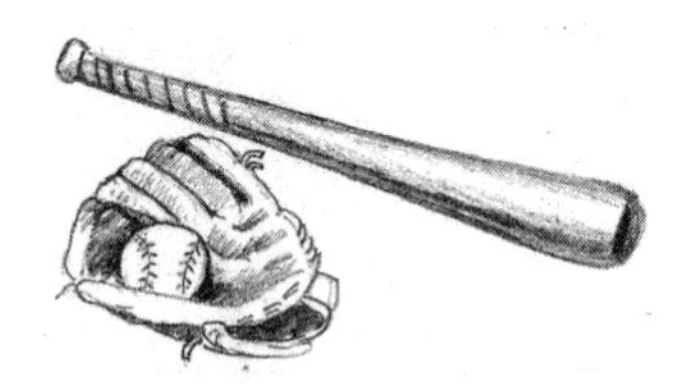

Los muchachos de la calle Ruiz

Arthur apareció después del almuerzo y quería jugar béisbol. Como los primos de los Guerra ya se habían regresado a México, a Gabe se le ocurrió invitar a Tina y a Vicky.

—¿Puede tu hermana pegarle a la pelota? —le pregunté a Ki mientras caminábamos al lote de Smitty.

Íbamos varios pasos detrás de mis hermanos mayores y nuestras hermanas.

Ki miró alrededor como si no quisiera que nadie escuchara su respuesta. Por una esquina de su boca, dijo: —Claro que sí, queremos que Vicky esté en nuestro equipo. Pega fuerte.

—Tina tiene que estar en el mismo lado que Vicky —dije—. Así es que podemos jugar con las muchachas, y el resto en el otro equipo.

En el lote de Smitty, nos juntamos bajo el gran árbol para hablar sobre el partido.

Gabe elevó una ceja cuando le dije cómo íbamos a dividir los equipos. —¿Estás seguro de que no quieres estar en nuestro equipo, Joe? Las muchachas y Ki pueden llevarse a Arthur en vez de a ti —dijo.

—Nosotros cuatro vamos a estar bien —dijo Tina, y le sonrió a Vicky como si supiera que su nueva mejor amiga jugaba bien a la pelota.

—Tenemos cada base protegida, y yo lanzaré —Vicky les dijo a los chicos.

—Puedes batear primero —dijo Gabe. Levantó el bate y se lo dio a Vicky.

Vi a mi hermano darle una sonrisita. Luego la cara de Gabe se puso del color de los ladrillos oscuros. Vicky se rió suavemente y tomó el bate.

¿Qué les pasaba?

Ki y yo nos volteamos a ver. Ki volteó los ojos. Yo moví la cabeza.

Albert aplaudió. —Juguemos a la pelota.

Tony aventó el guante extra para usarlo como el marcador del "home".

Mike tomó la posición de lanzador para su equipo. Albert y Tony se fueron a la primera y segunda base. Gabe se fue a la tercera. A Arthur le tocó el espacio entre los Guerra.

Vicky volteó hacia nosotros con el bate. —¿Quién quiere batear primero?

—Yo —dijo Ki—. Deja que Joe y yo lleguemos a la base, luego ustedes le pegan. —Tomó el bate de Tina y caminó hacia el viejo guante de Tony, nuestra base home.

Tina se paró detrás como el catcher. Mike lanzó dos altas y Tina gritó: "¡Bola!" En la tercera, Ki le pegó. El bate y la pelota se conectaron con solidez, y la pelota voló hacia Albert. Él corrió y la atrapó con facilidad en su guante.

—¡Ja! ¡Un out! —gritó Tony.

—Lo siento —dijo Ki en una voz baja cuando me dio el bate—. Rebotó.

Le sonreí. —Está bien, Ki. Yo tampoco consigo siempre llegar a las bases. —Tomé el bate de metal entre mis manos. Froté mis manos sobre el espacio estrecho donde me gustaba sostener un bate.

Me paré en la base y le di a Mike una de mis miradas más malas. Quería hacerlo pensar que no tenía miedo de pegarle a una pelota alta.

Mike dejó que pasara una, y yo giré tan fuerte que pude escuchar al aire chiflar. ¡La perdí! Me di vuelta tan rápido que me caí de rodillas.

Todos se empezaron a reír, hasta mi mismo equipo. Me volví a levantar, respiré profundo y dejé salir el aire. Volví a mi lugar y levanté el bate detrás de mí, listo para girar y sacar esa tonta pelota del lote de Smitty.

Otra pelota rápida vino directo a mí, y volví a girar. El bate le pegó ligeramente a la pelota, pero era un golpe de todos modos, aunque la pelota rodó en vez de volar. Solté el bate y corrí como loco. Mike corrió hacia la pelota y la agarró. Pero él se resbaló y lanzó en forma descontrolada. Albert corrió para atrapar la pelota en el pasto cerca de la cerca. Llegué a la primera base antes de que me alcanzaran.

Y justo cuando Vicky recogió el bate para dárselo a Tina, David llegó al lote Smitty en una bicicleta. La bicicleta era verde con guardabarros plateados. No se veía tan vieja como las otras bicicletas que le habíamos visto. También tenía una canasta delgada de alambre detrás del asiento.

Vicky puso ambas manos alrededor del bate. Le dio un mirada de aviso a David, como si le estuviera diciendo, *yo tengo el bate. Más vale que no intentes nada.*

Parecía que era como un día cualquiera para todos. David detuvo su bicicleta. Puso un pie en cada lado. No sonrió. Observó a todos como si lo fuéramos a atacar. Tina jaló a Ki para que se parara a su lado, por si acaso. Tony y Albert habían empezado a caminar y se encontraron con Mike en el centro como un triángulo en contra del peligro.

Gabe había empezado a moverse hacia las chicas.

Pero yo no quería ningún problema con David. No quería que David se peleara con nadie, o que los chicos lo llamaran sobrenombres, o que las chicas pensaran en algo malo. Yo quería *hablar* con él.

Así es que hice lo que tenía que hacer. Corrí hacia David como si fuera uno de mis primos favoritos.

Le di una gran sonrisa: —Hola, David, ¿te acuerdas de mí? Soy Joe. ¿Dónde has estado?

—¿Eh? —Los ojos de David se abrieron por el saludo. Vio a los otros rápidamente y me volvió a ver a mí—. ¿Qué quieres?

—No te hemos visto desde la fiesta de bautismo. ¿Dónde has estado? —le pregunté. Me paré al lado de Tina, y sentí que mi hermano mayor, Gabe, se paró detrás de nosotros.

—He estado fuera —dijo suavemente—. En una subasta. Fui a una subasta con mi tío.

—¿Qué es una subasta? —pregunté—. ¿Es una ciudad? Nunca he estado allí.

David hizo un sonido "ejem" y movió la cabeza. —¿Qué no sabes lo que es una subasta? El que ofrece más dinero consigue comprar la cosa que subastan. Vamos a las subastas en todo Texas. Ayer llenamos una camioneta de cosas cerca de Three Rivers.

—¿Qué tipos de cosas compraron? —le pregunté.

Para entonces, Arthur, Tony, Albert y Mike ya se habían juntado alrededor. Todos me miraban como si alguien me hubiera pegado en la cabeza con una pelota de béisbol. Hasta David me observaba con el ceño fruncido.

—¿Compró bicicletas nuevas tu tío? —Ki preguntó por mí.

¡Qué amigo! Sabía lo que quería preguntarle a David.

—¿Por qué necesitas una bici, Ki? —Vicky le preguntó a su hermanito—. Te compraron una nuevecita para tu cumpleaños. —Puso la mano en su cadera y lo miró asombrada.

Ki levantó un dedo en mi dirección. —No es para mí, es para Joe.

Ahora *todos* me estaban viendo a mí. Hasta los ojos cafés de David estaban bien abiertos.

Mi corazón latió fuerte y rápido dentro de mi pecho. Sentía que se iba a salir y saltar por todo el lote de Smitty. Híjole, no quería que mis hermanos se metieran y me dijeran que estaba loco o que le dijeran a David que se fuera. Mis hermanos podrían arruinar mi oportunidad de conseguir una bicicleta si yo no decía algo.

Así es que aplasté lo que me asustaba y dije: —David, si vamos a la tienda de tu tío tal vez encontraremos una bici de mi tamaño, mi papá la verá y a lo mejor compra una que no esté muy cara.

—¿Papá le va a comprar una bici a Joe? No es justo —dijo Mike, su voz era fuerte y egoísta.

David de repente se enderezó en la bici. Por alguna razón se veía más alto. Sus manos apretaron los manubrios con fuerza. Vio a Mike de mala gana. Esperaba que David dijera algo feo o que empezara a pelear.

David le dijo: —Ustedes, todos los grandes, tienen bicicletas, pero nunca he visto a su hermanito pasearse en una. ¿Por qué no puede tener la suya? —Y me volteó a ver a mí—. Joe, ahorita tenemos unas bicis en nuestra tienda. Tenemos unas chicas, como de tu tamaño. No son muy caras.

Ni siquiera volteé a ver a Mike. Sólo le sonreí a David. —¿Le puedes enseñar a mi papá dónde está la tienda, David?

—Claro, pero —David ladeó la cabeza hacia un lado— niño, mi tío no vende cosas *nuevas*.

—En nuestra casa, "nuevo" es cuando te pertenece a ti *primero* —dijo Tina. Puso la mano en mi hombro y lo apretó—. Y al pobre de Joe le tocan las sobras de todos. ¿Cierto, Mike?

Mike nos sacó la lengua a Tina y a mí.

Nadie dijo nada por mucho tiempo. Lo único que se escuchaba eran las gargantas que tragaban saliva o los pies moviéndose en el suave pasto del lote de Smitty.

—¿Por qué tienes el pelo rojo? —Arthur preguntó en su estilo metiche de siempre.

Todos dejamos de respirar, preguntándonos si la pregunta estúpida de Arthur haría que David se enojara. Arthur sólo se quedó allí con los brazos cruzados, y dijo: —¿Y?

David se relajó en el asiento de la bicicleta. Vio a Arthur con desdén y dijo: —¿Por qué tienes cabello de puercoespín amarillo?

Todos se empezaron a reír. La cara blanca de Arthur se puso rosa. Sus pecas prácticamente desparecieron. Se puso las manos en la cabeza y trató de aplastar los picos de cabello recién cortado. —¡Déjame en paz! ¡Dejen de reírse, muchachos!

David sonrió. Creo que estaba contento de haber dicho algo que nos hizo reír.

Ki habló. —¿Tienes apodos por tu pelo?

—No, todos me llaman David —dijo—. Así se llamaba mi abuelo. —Vio alrededor, rascándose el pelo rojizo-café. De repente sus cejas del mismo color se levantaron—. Ah, sí, tengo tu camiseta. —Se volteó y buscó detrás de sí—. Mi abuelita la lavó. La puedes usar ahora. —Sacó una camiseta doblada de la canastita y se la dio a Gabe.

Gabe sonrió mientras sostenía su camiseta favorita otra vez. —Nosotros también tenemos tu camiseta, David. Mi mamá la lavó. Está en nuestra casa. Tú sabes dónde vivimos, ¿verdad? Ve por ella más tarde.

David asintió. Luego volteó a ver las caras de todos mientras lo observábamos. Nunca habíamos estado tan cerca sin gritar o pelear.

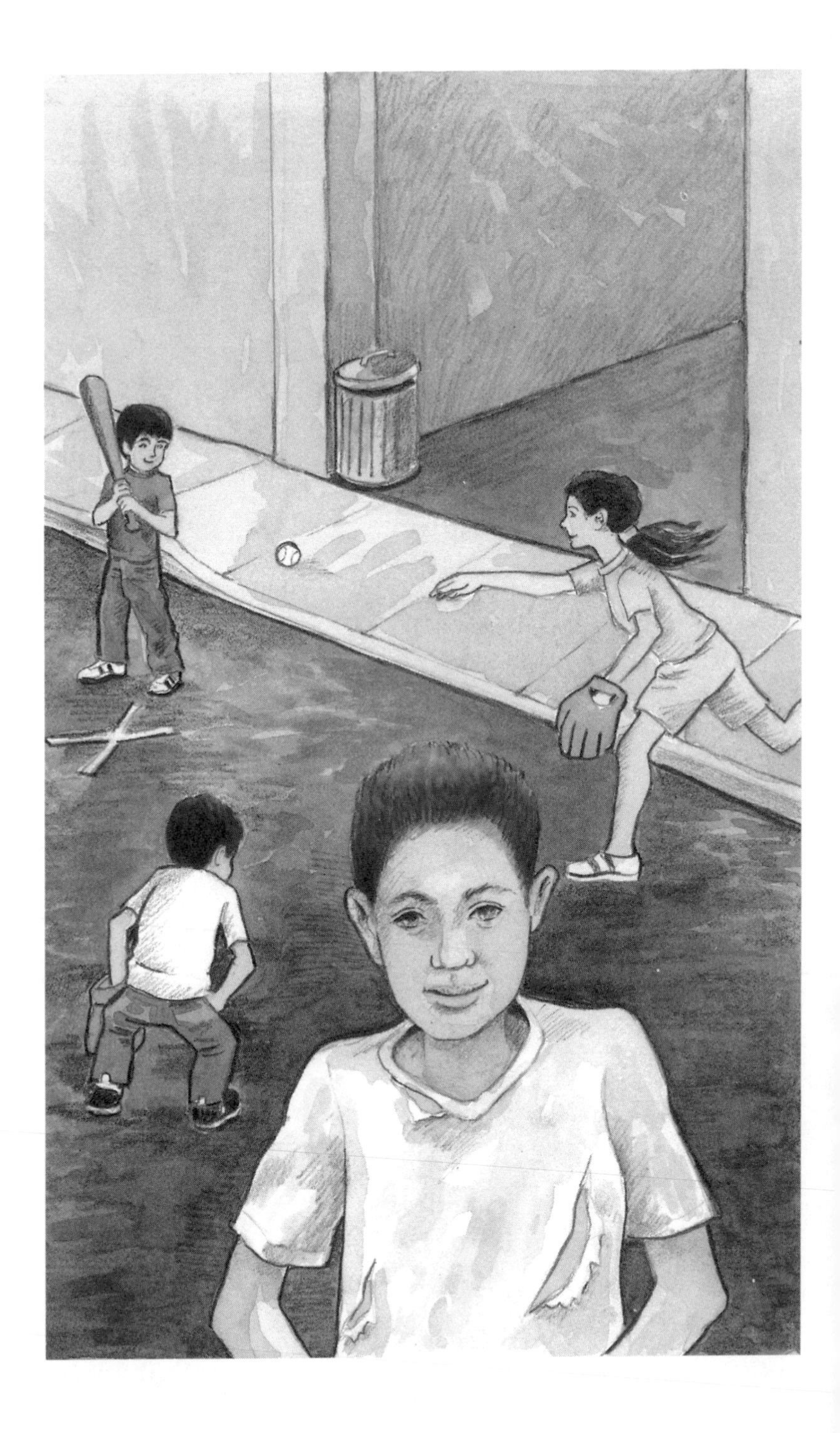

Fue Tina la que tomó el bate de las manos de Vicky. Se volteó hacia David y dijo —Tenemos equipos desiguales, David. ¿Quieres jugar a la pelota?

Ahora era el turno de mi hermana para recibir todas las miradas de *¿Estás loca?*

—Yo quiero batear primero —dijo David. Su voz gruñó con un tono malévolo.

Tina se paró derecha, con los hombros hacia atrás. —No, es *mi* turno para batear. Luego le toca a Vicky, y después a ti, ¿de acuerdo?

Tal vez era porque Tina era una niña, o porque David había visto a Gabe, el buldog, de cerca. Tal vez porque David suponía que todo estaba a nuestro favor si se suscitaba una pelea, o porque quería jugar béisbol con nosotros aunque tuviera que batear al final, lo que fuera, David no discutió con Tina. Sólo dejó caer su bicicleta, y dijo: —Está bien. —Luego apuntó hacia el guante viejo, nuestra base home—. ¿Puedo usar ese guante cuando esté en el campo?

Tina le sonrió a David. —Yo no usaría ese guante si fuera tú, David.

Tony dijo fuertemente: —Es *mi* guante.

—Sí, ¡es un guante que no usas porque lo meó el gato! —dijo Mike.

Tony contestó: —El gato no lo meó. Sólo dije eso para molestar a Arthur, eso es todo.

—¡Oigan! —Las manos gordas de Arthur alcanzaron el delgado cuello de Tony.

Tony se rió y saltó lejos. Corrió hacia la cancha con Arthur persiguiéndolo.

Albert dijo: —Si David usa ese guante, no vamos a tener una base home.

—Entonces que David use *mi* guante —le dijo Gabe a todos. Asintió con la cabeza hacia el niño nuevo que quería jugar a la pelota con nosotros—. Parece que nuestras manos son del mismo tamaño.

—Yo sigo en primera —dije felizmente—. Vamos, Tina. ¡Pégale fuerte para que pueda meter una carrera!

Reconocimientos

Esta novela es una obra de ficción. Los personajes son niños que todos conocemos como familiares, amigos y personajes misteriosos.

Pocas semanas después de que empecé esta novela, tuve que despedirme de mis amigos, Joe Escobedo y Sister Christine Catron. Ellos se convirtieron en mis ángeles guardianes mientras escribí esta obra. Varios bocetos fueron leídos pacientemente por miembros de mi grupo de escritura, Crossroads y por mis estudiantes en la universidad de St. Marys. Estoy eternamente agradecida tanto por su crítica como por su amabilidad cuando más las necesité.

Nicolás Kanellos y el personal de Arte Público Press aceptaron mi obra con los brazos abiertos, y me ayudaron a hacer de ella un libro. Aprecio el apoyo editorial que el Dr. Kanellos me ha brindado a través de los años. En la editorial, Marina Tristán es mi ancla, pero también es una de mis mejores amigas. Hemos aprendido mucho la una de la otra a través de los años. La editora, Gabriela Baeza Ventura, tomó el rol de traductora para proporcionar a los lectores en español la oportunidad de disfrutar de las aventuras de los muchachos de la calle Ruiz. Me siento honrada y agradecida por sus dones bilingües.

Provengo de una familia grande y amigable, lo cual me ha permitido crear modelos a seguir en mis libros. Le agradezco a mis padres, Gilbert y Consuelo, su paciencia y cariño. Junto con mis hermanos, Gilbert, Mike, Chris, Joe, Frank y Vincent me ayudaron a apreciar las muchas formas que "familia" es un verbo activo. Los familiares nuevos que hemos adquirido por medio de nuestros matrimonios continúan trayendo fe, esperanza y amor a todos nuestros esfuerzos.

Mis hijos, Nick y Suzanne, me enorgullecen al emprender sus viajes universitarios; sin embargo, extraño no tenerlos cerca para pedirles ayuda con un manuscrito. Y mi querido esposo, Nick, continúa haciéndome reír. Siempre será mi héroe.

***

Audrey, Ben, Ernest, Gus y Nance, los extraño.

The Ruiz Street Kids

Diane Gonzales Bertrand

Spanish Translation
by Gabriela Baeza Ventura

PIÑATA BOOKS
ARTE PÚBLICO PRESS
HOUSTON, TEXAS

This volume is funded in part by grants from the City of Houston through the Houston Arts Alliance and by the Exemplar Program, a program of Americans for the Arts in Collaboration with the LarsonAllen Public Services Group, funded by the Ford Foundation.

Piñata Books are full of surprises!

Piñata Books
An imprint of
Arte Público Press
University of Houston
452 Cullen Performance Hall
Houston, Texas 77204-2004

Inside illustrations by Laredo Publishing
Cover design and illustration by Giovanni Mora

Bertrand, Diane Gonzales.
The Ruiz Street Kids = Los muchachos de la calle Ruiz / Diane Gonzales Bertrand; Spanish translation by Gabriela Baeza Ventura.
p. cm.
ISBN 978-1-55885-321-8
I. Ventura, Gabriela Baeza. II. Title. III. Title: Muchachos de la calle Ruiz.
PZ73.B4448 2006
2006043235

∞ The paper used in this publication meets the requirements of the American National Standard for Information Sciences—Permanence of Paper for Printed Library Materials, ANSI Z39.48-1984.

8 9 0 1 2 3 4 5 6 7   10 9 8 7 6 5 4 3 2

To the neighborhood children of
Ruiz Street and Texas Avenue
with love

Chapter One

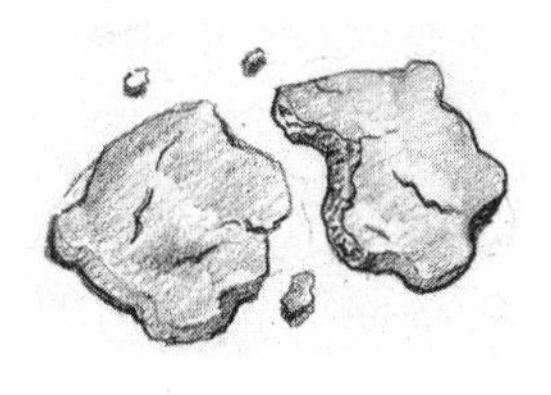

The Boy on the Bike

My big brothers came home with the first stories about a boy named David. They said a boy with reddish hair rode down Ruiz Street on an old green bike. They said he yelled "I'm David, don't mess with me!" He shook his fist at my brothers.

This boy didn't go to our school. No one knew where he lived. He'd appear out of nowhere, ride down Ruiz Street, and yell things at my brothers. Mike and Gabe might have said, "Who cares?" except for something odd. Every time they saw David, he rode a different bike. He had to be stealing them, right? And if he stole bikes, then he stole other stuff too, right? Only a mean kid would do that, right?

About a week after my brothers first saw David, we found a dead possum in our backyard. Everybody agreed David must have left it there. Mike told me, "Joe, that guy's so mean possums drop dead at the sight of him!" And I believed it!

Later that same day I finally saw David for myself. I was walking home from the bakery with

my brothers and sister. I stared open-mouthed at the boy on the bike who was blocking our path.

His short hair looked as if Mama's old scrub brush had cleaned red bricks all day. He had thick lips and a flat, wide nose. He looked like an upside down triangle because of his broad shoulders and narrow, skinny body. His brown skin looked well-tanned from the sun.

David sat upon a bike with a long red seat and dirty white frame. It looked like he had stolen it from a junkyard. He wore a T-shirt with arm holes cut out and faded jeans that were cut ragged just below his knees. He wore no socks inside his dirty hi-tops.

Most of David's weight was balanced against one leg as he sat parked in the alley between the bakery and the flower shop. We were still a block away from our home.

"Get behind me, Joe," Mike said as he yanked me behind him. I was eight, and never moved as fast as my big brothers wanted.

My oldest brother Gabe stepped beside Mike. Our sister Tina moved closer. They formed a body wall between David and me.

"You got sweet bread in that bag? I want some," David said.

Gabe said nothing. He was a quiet guy, thick around the middle, and usually let Mike do the talking. Mike was a year younger, thin and bony. He ran the fastest of all of us.

"We got nothing for you, David," Mike told him. "Get lost."

David straightened up, his legs now firmly planted on both sides of the bike. His eyes squinted at Mike. "I like sweet bread. I want some of yours."

Maybe if Grandma Ruth had been with us, and David looked hungry, he would have gotten a piece of sweet bread. That day David looked mean, not hungry. And those words of Jesus that Sister Arnetta told us in religion class about feeding the hungry just didn't count with David. Mike told us that David stole stuff. Why should we share with him?

Only my big sister, Tina, was the kind of girl who fed stray cats and took care of baby birds that fell out of trees. She loved Sister Arnetta even though everybody else called her "Sister Awful." Tina began to unfold the top of the bag.

"No!" Mike yelled so loud everybody jumped. "We don't need to give David anything. You go buy your own bread. Get lost!"

Mike's voice made me scared. David let his bike flop into the grass. That scared me too. Suddenly David jumped over the bike. He grabbed for the bag in Tina's hands.

"Hey!" Gabe yelled, ready to move now that it looked like Tina could get hurt. Gabe didn't like to start fights, but when it came to me or Tina, he was a bulldog.

David held onto the bag. So did Gabe and Mike. Tina gripped it too. That's when I jumped out from behind them. I kicked David's skinny brown leg as hard as I could.

David yelled and pushed me with his shoulder. I fell against Tina and pulled her long pony tail to try

to break my fall. She cried out and shoved me away. I slipped on the rocks underneath my shoes. I plopped backwards, right into stickers that poked my hands like a million needles. Youch! Tears started as I jumped up. I saw my hands. Stiff brown stickers covered the soft skin on my palms. I cried even louder.

Gabe must have thought that David made me cry. He shoved his hand into David's chin. David slapped at Mike's face. Mike kicked and spit. Tina yelled, "Let go! Let go!"

Everyone made so much noise that no one heard the paper bag rip apart. The bread rolls, the cinnamon cookies, and our breakfast sweet bread—everything dropped on the ground.

David howled with laughter and stomped on one of the rolls. Mike pushed him away. David yelled, "That's what you get!" He jumped back on his bike. He rode down the alley yelling and laughing like everything was funny to him.

"Aw, man," Mike said, as Gabe said, "Oh, no!"

"Joe! You big baby, stop crying!" Tina yelled at me.

"My hands! My hands! I got stickers!" I cried full force—tears, a filled up nose, and choking sounds in my throat. My hands stung. All our good bread lay in the dusty dirt and dry grass of the alley. I cried even louder.

"Come on, we gotta pick this up," Gabe said. He grabbed the bottom of his black T-shirt to make a pouch to carry the sweet bread home. "We should have just given him a piece."

"That's what I was going to do! Mike, why did you have to make David grab the bag?" Tina yelled at them as she grabbed me. She plucked the stickers off my hands. I wailed "ouch" with every one she pulled out. "Joe, stand still!"

"We don't need to share with David," Mike said. He got down on one knee and started picking up the bread pieces. He blew on each one. "He can't just grab what he wants!"

"Everything is dirty," Tina said, picking up her favorite sweet bread, a spiced-bread that was shaped like a pig. She laid it across the torn bag, and picked up another "piggy." "We're going to be in big trouble with Mom."

I tried to pick up some of the cookies, but they crumbled in my sore hands. Tears rolled down my cheeks again. We had dirty bread, I fell in the stickers, and now Mom was going to get mad at us too. This was all David's fault.

We piled up what we could into Gabe's black T-shirt. Tina carried the rest in the torn bag like a basket in her hands. I found a piece of cookie that didn't look too dirty and started to eat it.

"Joseph Silva! You can't eat that! Not until you draw a cross on it. Then the dirt won't hurt you!" Tina told me.

I stared down at the cookie. My face was still wet. My hand was sore. I needed Jesus to keep me safe from a stomachache if I ate a dirty cookie. So I took one finger and drew a crooked cross on the cookie.

"We need to make a lot of crosses on all this bread," Gabe said. "Should we do it now or after we show it to Mom?"

"Well, if we wait and do it later when Mom can watch us, maybe she'll know we're sorry," Tina said.

We started to walk home, but Mike told us, "Wait!"

We turned around. Mike stomped down on the cookie pieces and bread chunks we didn't gather up. "If David comes back, I don't want him to get any of this."

We all stomped and crushed the leftovers into the ground. We walked away after we were all satisfied that there was nothing left but crumbs for the ants.

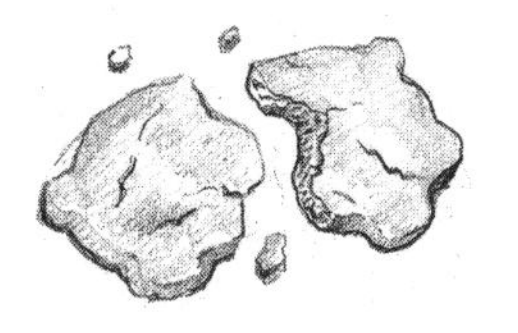

After we got back from the *panadería*, Gabe, Mike, and Tina described the fight with David as if ten kids instead of one mean boy had attacked us. We all blamed David for what happened.

Mom's brown eyes glowed as she pressed her lips together. She shook her head and grabbed a dishtowel. She told Gabe and Mike, "You should have given that boy some bread. Now we *all* have to eat bread that fell on the dirt."

"Make a cross on it, Mom," I said. "Then it will be okay to eat."

We watched her sigh, then smile. It was *her* words we lived by.

"Just clean it off, make the sign of the cross on it, and eat it," she would say if we dropped a slice of bread on the floor or if someone knocked potato chips off the plate. "You can't waste food. It costs too much money," she'd tell us.

That day Mom made all four of us get a clean dishtowel to wipe off the dirt we could see. We pulled off grass and even a sticker from the bread that David had made us drop. Tina made about a hundred crosses on her spiced bread "piggies" so she could eat one now and one later. I liked when Mom rubbed an ice cube over the tiny red marks the stickers left on my hands. She gave me a kiss and a chunk of sweet bread covered with chocolate sugar. It didn't have any dirt that I could see.

Gabe and Mike went outside and grabbed their bikes to ride over to the Guerra's house. They couldn't wait to tell Albert and Tony about David. The Guerra boys were like another pair of big brothers to me and lived halfway down the block on Ruiz Street.

Tina and I sat on the front porch, eating our sweet bread and sharing drinks from a soda bottle. We were arguing about who had taken the most drinks when we saw a big truck turn into our street. Usually we didn't pay attention to trucks. Our dad had one for welding jobs. But this truck was painted bright yellow and pulled a long trailer like a yellow box on wheels.

It stopped across the street, two houses away. Old Mr. Flores had died last Christmas and his white house with the flamingo pink porch columns had been vacant for months.

"Look! New neighbors," I said. "I wonder if they have any kids."

School had just ended and I wanted my own friend to play with. Gabe and Mike let me play baseball with them and the guys sometimes, but more often all the big guys rode off on their bikes and left me behind. Tina could walk to Aunt Rebe's house and play with our cousins Diana and Margie. My two little brothers were still babies. I wanted a friend that was my size.

Not long after the big truck parked in front of Mr. Flores' house, a white mini-van pulled into the driveway. The neighbor's car was smaller than the blue one Mom drove.

A mom and a dad got out of the front seat. He was short and she was tall. The back door opened and a girl about Tina's size got out. She had long hair like Tina's, only this girl's hair was straight and black. I saw her pull two little girls in matching blue dresses out of the back seat. Girls! Could it get any worse?

Then I saw a boy climb out the back of the van. He jumped to the ground. He lost his balance, and fell back on his bottom.

Tina giggled. "He falls down just like you do!"

I stuck out my tongue at my sister.

Two men in blue uniforms started carrying things out of the trailer and inside the house. We talked about helping them, but the kids and the parents never came back out once they went in. Finally, Mom called Tina inside to care for our baby brothers

while she started supper. That left me alone to watch what happened across the street.

I sat and watched the men move furniture into the house. I sat there so long that Gabe and Mike had come back, Dad had come home from a welding job, and I was hungry for supper.

"Joe, come inside," Mom called just when I saw the boy come back outside. He had black hair like I did. From where I sat, he looked my size. I stood up on the porch steps and just stared at him. He stood on his porch and stared at me.

Finally, he raised his hand, like we do in school if we want to ask a question. I raised my hand too. He wore a striped T-shirt and blue shorts. He wasn't barefoot like me, but wore white socks and shiny black shoes. He started walking down the sidewalk. I came down the steps. I wondered if he could come across the street. Was his mom like mine? She always said, "Stay in the yard where you can hear me call." How I wanted to run around Ruiz Street like my brothers did!

First, I needed a bike that didn't have a flat tire every day. I also wanted a friend to ride beside me. Did this new boy have a bike? I knew he had some beds, a sofa, a bookshelf, a refrigerator, and a piano. I still hadn't seen any toys.

By now, the boy had moved on the other side of the yellow trailer. I could only see his shoulders and legs.

"Joe? It's time for supper!"

I ran out to the end of the sidewalk. I wanted to see what the kid really looked like. I stopped at the

curb. We seemed to be the same size. His legs and arms were brown like mine. Then I looked closer. The boy had *slanted* eyes. Did he even speak English?

He gave a little bow. His black hair was short and shiny. Then he said, "Ki!"

"Hi!" I yelled back.

He bowed again and said, "Ki!"

"Hi!"

"Ki!"

"Hi!"

We did this back and forth about six times and finally I said, "Joe. My name is Joe."

He just bowed and said, "Ki!"

I scratched my head and stared at him.

"Joe! My name is Ki!"

"Oh! Your name is Ki!" I laughed at our silly mix up. I pointed at Ki at the same time I grabbed my stomach. Suddenly, I wobbled off the curb. My bare feet did a falling hop into the street. I crumpled down on one knee. Small stones on the black asphalt near the curb poked me, but it didn't hurt much. Not like those stickers had.

I plopped back and sat on the curb. I smiled at Ki. He sat down on the curb on his side of Ruiz Street. He smiled at me. Ki looked so small next to the big yellow trailer.

Tina called out the front door. "Joe! Come inside now! Mom says!"

I groaned. Who wanted to eat with a new boy to talk to? I stood up. "I need to go inside. Can we play later?" I called out to Ki.

"Sure," he called back. He stood up and waved at me.

I raised my hand, but something out of the corner of my eye grabbed my attention. I looked down the street at the boy riding a blue bike. I knew it was David, and my brothers were right. He wasn't riding that old white bike with a red seat anymore. He rode a blue one with a horn on the handlebars. He honked it over and over again.

Would that mean boy David remember that I had kicked his leg? Without my big brothers around, I got scared. I screamed at Ki, "Run!"

He squinted his slanted eyes. "What?"

"Run!" I yelled, and I did just that. My little legs moved faster than I had ever ran before. My feet hardly touched the patchy grass in the yard. I didn't even know when I got to the sidewalk. But I was so glad when I pulled open the screen door to our house.

I didn't look behind me until it slammed closed. I latched the silver hook. Only then did I stare outside. Through the hazy gray view of a screen door, I saw that Ki hadn't run at all. He had just stepped behind the trailer. I could see his little brown face peeking around the corner.

David honked that squawking horn the whole time he rode down Ruiz Street. He never saw Ki hiding behind the trailer. Once David had turned the corner, I saw Ki's legs running alongside the trailer, until he also disappeared inside his house. At least my new friend was safe, safe from that boy David.

Chapter Two

Who's Got the Ball?

Once we got started, our stories about David stretched like a big wad of gum.

"I bet his house looks like a junk yard," Gabe said. "There's probably thousands of stolen bikes everywhere."

"You know he owns nothing he didn't steal," Mike said. "Once I saw David in the same jeans that Mr. Flores used to hang on his clothesline."

"He probably flunked second grade three times," Albert Guerra said. He was a short, wiry guy with big ears. He and Gabe would both start sixth grade next year.

"I bet he goes to a school where bulldogs guard the principal's office," said Tony, Albert's younger brother. He had a million freckles, but the same big ears.

"If he didn't swim at the pool, he'd probably never take a bath," Albert said.

"He sleeps on a bed of nails. That's why he's so mean," Mike told everybody.

We had welcomed Ki into the neighborhood with tales about David. We told him right away to guard his stuff. His bat, ball, and glove were newer than ours. Ki didn't have a bike, but he said he wanted one for his birthday next month.

We hadn't even met the rest of Ki's family when Ki told us his mom thought something was eating the cat's food on the back porch. We all decided it had to be David.

"He probably thinks cat food's delicious," Ki said, pulling up his own story even though he hadn't met David.

Their meeting came about a week later when we were at Smitty's lot playing ball. Smitty had a long Polish name that none of us remembered. He was a doctor who had worked out of a clinic behind the grocery store since our parents were kids. When Smitty's grandson visited, we could play in his lot. Mrs. Smitty was scared that "Arthur darling" would get hit by a car playing baseball in the street, so we made friends with "darling" (who promised to slug the next guy who called him that) and got to play ball in his grandpa's lot where the green grass was thick and cool. It didn't matter if the ball was too far in right field for anybody to tag us out. We made any excuse to slide into base when we played at Smitty's.

Arthur had school-paste white skin. Somebody had cut his yellow hair short and spiky. He was chunky from eating his grandmother's pies and cakes. Lucky for us, Arthur usually shared candy he got from his grandmother. Maybe he did it so we'd like him even though he played lousy ball.

Arthur always struck out. Still, we didn't have to stop and let the cars go by like a ball game in the street. Gabe usually took Arthur on his team since he could hit the ball hard enough to bring home the guys on base and make up for Arthur's out.

Arthur also asked a lot of questions. He took one look at Ki, and said, "Where you from? China?"

"I'm from Houston," Ki said, shrugging his shoulders.

"What kind of name is Ki? And how come you got slanted eyes like a China man?"

Arthur asked the same questions I had asked my new friend. Like a parrot, Ki just repeated the same story he told me, my big brothers, and the Guerras.

"My grandparents were born in the Philippines. I look like my grandpa. I got his name, Raymundo. So does my dad. When I was a baby, Grandpa said I made 'ki' sounds, like a bird he remembered from the islands. Everyone calls me Ki, even my teachers."

"Can you hit the ball?" Arthur asked him.

"Only sometimes," Ki said, "but I can run really fast."

"We'll take Ki and Joe on our team," Mike said. "The two of them make up one big kid."

The Guerra boys split up, one on each team. Their cousins, Ernesto, Gonzalo, and Andrés, were visiting from Mexico. So they split up too, except for Andrés, who always caught the ball for both teams. He had breathing trouble and couldn't run without choking, so we always let him catch. When he want-

ed to bat, he hit for both teams. Depending on who was up to bat, either Mike or Albert ran for him.

The teams were small and uneven, but we managed to hit, slide, and catch enough balls to make it fun. Ki turned out to be a really good runner just like he said. Arthur dropped a couple of easy balls, and Ki made it to home plate each time. The score got to be 7-5. By then, we had already heard Grandmother Smitty yell from the back door, "Arthur, darling, your mother is on her way over! Come home in five minutes!"

When Gabe came up to bat, he put on his bulldog face. We knew it was time to move back across the field and get ready for a hard, high-flying baseball. Gabe might take a bad player like Arthur on his team, but that didn't mean Gabe didn't want to win.

Mike, who was pitcher, yelled at me, "Joe, move back! Way back! Farther!"

We all knew how far Gabe could hit, so I ran back to the edge of the field near the alley that ran behind our houses. I looked behind me to make sure no stray dogs were sniffing around Smitty's trash cans.

I didn't see any animals, but I did notice something shiny in the grass a few steps away from me. Was it money? I forgot about the game and ran over to the spot.

Just as I bent down to pick up not only a quarter, but also a nickel and dime, I heard the crack of the bat and the guys yelling, "Run!"

Mike yelled, "Joe, get the ball!"

"I got it!" Ki yelled.

After I pulled up a handful of grass with the money, I just ran. I didn't even know where the ball had fallen. I shoved the grass and money inside my glove, and looked up in time to see Ki running towards the bushes, chasing a fast-rolling ball.

I ran in the same direction, pushing my glove tighter over the grass, money, and my sweaty hand.

"Where did it go?" Ki yelled as I got closer.

That's when I saw dusty brown legs and the torn, dirty shoes behind the bush. Ki fell to his knees and started to crawl under the nearest bush.

"Ki, wait!" I yelled.

But by then, David had stepped out from behind. He tossed the ball in one hand. "What ya lookin' for, baby boys?"

I grabbed Ki by the back of his blue shorts, and yanked him towards me. "Ki, get up! The ball is over here!"

Ki fell back, right on top of me, and we both flopped back on the ground.

David laughed as he pointed down at us. "You baby boys are pretty sorry ballplayers. Why don't you let me show you how to hit a ball? I can win for your team."

"Who are you?" Ki asked.

I pushed Ki off me and said through my teeth, "It's David."

"It is?" Ki's black eyes blinked several times.

We heard the guys yelling with excitement at the other end of the lot. I jumped to my feet. David was going to be in big trouble now! I pulled Ki to his feet.

"Get lost, David!" To my ears, I sounded like my big brother Mike. I just knew my brothers, the Guerra boys, and their cousins were running up behind me. They'd all help me beat up David. He'd be nothing when we were finished with him.

I yelled at David. "Now give me back the ball."

"Is this your ball?" David looked at the ball in his dirty hand. "I don't see your name on it."

"It's *my* ball," Ki said.

David lowered his head and stared hard at Ki. "What if I want to keep this new ball, Chino?" His growling questions sounded meaner than anything I could yell.

Where were the guys to help us out? I turned around, wondering. That's when I saw Grandma Smitty at the fence handing out cookies to Arthur and all the other guys. They had yelled because they were getting food, not because they were coming to our rescue.

So I started yelling for Gabe and Mike. Ki grabbed for his ball, but David shoved Ki against me. Our heads klunked against each other so hard that I heard those "ki" birds sing in my ears. Once again, we hit the ground together.

By the time we stood up, David had hopped on his bike. He rode down the alley and held the ball in one hand, waving it back and forth like a windshield wiper over his head.

"My ball," Ki whimpered with tears shining in his eyes.

I knew just how he felt. I pulled off my baseball glove. Bits of grass, a quarter, a nickel, and a dime dropped at our feet.

"I found this money. Maybe you can buy a new ball," I told him.

"Hey, you guys want some cookies?" Arthur yelled out.

Ki held the coins as we walked back to the fence. Gabe had saved two cookies for us. "Where's the ball?" He asked as he handed each of us a cookie.

"David was hiding behind the bushes," I said. "He stole Ki's ball and rode off."

"He's so mean," Albert said. "He's so mean I bet he could give rabies to dogs."

"He's so mean, he probably eats bees' nests for breakfast," Mike added.

"He's so mean," I said. "No one will ever play with him in a million trillion years."

Arthur's mom drove up in her long silver car, so we started walking back to our houses. Ki and I trailed behind the older boys, slowly eating our cookies.

Ki rubbed the spot where our heads had bumped. "Joe, you think David is always so mean?"

"Yes—always. He doesn't have friends," I said. "I'm sure his mom doesn't want him at home. That's why he comes around and steals from us!"

Ki put the last piece of cookie into his mouth and said, "At least he didn't steal my *favorite* ball."

Chapter Three

Rocks, Books, and Stilts

Taking Ki's ball was just another chapter in our stories about David.

Three days later we were walking up from the creek near the swimming pool. I had told Ki that we might catch turtles or frogs, but that day we barely saw a couple of minnows. Instead Ki and I dug up some great rocks and talked about starting a collection.

As we headed for home, we trailed behind the big boys looking at the smooth stones we had dug up. The two of us were still at the other end of the block when we heard David's voice.

Near Smitty's lot, David sat upon a bike that looked almost brand new. It had a shiny red frame and the tires were charcoal black.

"What do you guys think of my new bike?" he yelled at Gabe, Mike, and the Guerra boys.

"Where did you steal it from?" Mike yelled back.

"I didn't steal it," David called out. His bony chest lifted against his old jersey with faded num-

bers. "This bike is way better than the junky bikes you ride."

My brothers and the Guerra boys stood together on the other corner. They all yelled, "Who cares?"

David's face snarled up like a mad dog. "I was gonna let you guys try out the bike, but now I won't."

"We don't want to ride your stupid bike!" Mike yelled.

"Come on, Ki!" I started running towards the others. I had my two rocks in my hands. I heard Ki puffing along behind me with his three smooth stones.

We heard David yelling. "You guys are the stupid ones! Stupid kids!"

As we ran up, I saw Gabe pulling on Mike's arm. "Let's go home. We can find something to do there. Come on, guys."

We don't know if the rocks in our hands gave David the idea to throw one. Out of nowhere a rock flew across the street and slugged Gabe in the shoulder.

Who was the stupid one then? There were six of us and one of him. Everybody grabbed rocks. We threw them at him—so many and so fast—he rode off howling. We cheered and hollered, feeling like we had won a war.

Only Mrs. Smitty saw us throwing rocks. She told our parents. We never did know how she explained it to Tony and Albert's mom. Mrs. Guerra spoke only Spanish. The Guerra boys and Ki got into as much trouble as we did.

Dad told Gabe, Mike, and me, "Since you boys love rocks so much, you can move every one out of your Abuelita's garden."

Nobody had ever noticed how rocky Grandma Ruth's garden was. It took us three days to dig them all out.

The Guerra boys had to shovel dirt from the pile in the back yard and fill up holes in the front yard. Their father wouldn't let them use a wheelbarrow. And poor Ki pulled up weeds and scrubbed out Mr. Flores' old trash cans so his father wouldn't have to buy new ones.

When our days of hard labor were over, everybody had blisters on their hands. We felt dog-tired. Still, we had the energy to be mad at David for getting us into trouble. My mom heard us grumbling on the front porch and cornered Gabe and Mike in the kitchen before supper and said, "If I hear of one more fight between you and that David boy, I'll keep you all inside this house until school starts. Hear me?"

It was only June, so we tried to stay away from David. Since the rock war, we hadn't seen him riding through the neighborhood. We hoped we had chased him off for good.

In the meantime, my mother thought of other things to keep us busy and out of her way.

"On Tuesdays the library has special programs," Mom said, folding up the newspaper she liked to read every night. "You kids can go there tomorrow. Watch the program and bring home books to read. Even Joe has a library card now."

Because Vicky, Ki's sister, had become Tina's new best friend, they came with us. The Guerra boys couldn't find their library cards, but they came along for the program.

As we stood on the corner waiting for the WALK sign to glow, I said out loud, "You don't think a kid like David would come to the library, do you?"

"I bet David can't even read," Albert said.

"I bet he doesn't even know the ABCs," Mike replied.

"He probably thinks that ABC is something parrots eat for breakfast," Tony said.

"Why don't you guys be quiet?" Tina said. She put one hand at her waist like a teacher. "If you'd leave David alone, then he'd leave you guys alone."

"Aw, Tina, you don't know what you're talking about." Mike waved her off, but he didn't say anymore about David.

That afternoon there were more people outside the library than inside it. A big white truck with a colorful trailer took most of the parking lot. Painted on the trailer were a roaring lion with large fangs, an elephant, and a woman in pink swinging on a trapeze. They framed the words, *Greatest Circus of America.*

Clowns performed in the middle of the circle of boys, girls, and parents with babies in their arms. We managed to squeeze through to the front and watch.

One clown had a dancing poodle in red ruffles. A clown with fuzzy orange hair magically pulled colored rags from his white-gloved hands. Another skinny clown in a purple jacket juggled eight balls. Two lady clowns rode unicycles around the parking lot. When they hopped off the unicycles at the front door of the library, everyone clapped and cheered.

Then the fuzzy haired clown said, "Come on, everybody! Let's go inside the library!"

Everybody crowded through the doors, anxious to step into the air-conditioned coolness of the building. Adults with cameras and babies pushed us kids out of the way. Once I got inside, I wanted to talk to one of the clowns. But the moms with little kids crowded around the clowns, snapping pictures and talking way too loud. The babies cried, and the clowns yelled out jokes. Finally the gray-haired librarian and a younger woman with round glasses announced that the clowns had to leave for another library program across town.

That's when Ki grabbed my arm and pulled me towards the place in the library with kid-size tables. Here the walls were painted in deep blue and decorated with colorful masks like Medusa with her snake hair, a white unicorn with a gold horn, and a dragon's head with red flames shooting from its mouth. There were lots of posters with cartoon animals and TV stars holding books in their hands that urged everybody to READ.

"I like books with dinosaur pictures. Help me find some," Ki said. He turned around and asked, "Where are the computers?"

I pointed at the long table by the librarian's desk. Each computer had an adult or kid sitting in a chair in front of it. Tina and Vicky shared a chair. They whispered, pointing at whatever was on the screen. They were both wearing white T-shirts and green shorts—they almost looked like one girl with two heads.

"There are too many people in the library today," I told Ki. "We'll just have to find a book by looking on the shelves."

As I walked away from Ki, I thought the library looked messy. Books from lower shelves were scattered on the floor. Several tables were junked up by video boxes and open picture books. If we'd find any books Ki wanted, we'd be very lucky.

"You look over there, and I'll start over here. What kinds of books do you like, Joe?" Ki asked as he pulled out a book, glanced at its cover and put it back on the shelf. His little hands were very quick.

"I like books with bikes," I said. "I like to see pictures of bikes, so I can know what kind I want."

"I want a bike for my birthday," Ki said. "I already told my dad. You can come to my birthday party, Joe, okay?"

That's when I saw a picture of a shiny silver bike on a fat book with a bright red cover. I yanked it from the shelf. When I saw that it was a little kid's ABC book, I tried to shove it back on the shelf. It slipped out of my hands and plopped down on the

floor. I bent down on one knee to pick it up, and that's when I saw David through the empty spaces on the bookshelf. He was in the next row, sitting on the floor. He looked at a flat skinny book with a soft cover that spread over his bony knees.

My eyes grew wide. What kind of book was David looking at? Mike and the Guerra boys said he couldn't read. I stuck my face closer to the shelf, staring hard at the boy in the old cut-off brown pants, faded blue T-shirt, and worn rubber sneakers. His lips moved silently, as one long finger moved across the page.

I wanted to find Ki, but I stayed put. David turned a page and his fingers and lips started moving again. What was he reading?

I swallowed my breath as I saw Tina and Vicky walking fast from another direction around the same shelf where David sat. Vicky stopped unexpectedly before she stepped on David. Tina bumped right into her, and both toppled on top of David.

Vicky crashed across his shoulders, and rolled onto the floor. Tina tripped in her rubber *chanclas* and landed on top of David's legs. Both girls squealed like mice as everybody scrambled to get away from each other.

"Hey!" David yelled, way too loud for a library. He jumped up to his feet, dropping the book on Tina's head. It slipped down her back and landed on the floor.

"Leave me alone, you girls!" he yelled out. He did a jump-hop over Tina's legs, and ran off between

bookshelves and disappeared into some other c
ner of the library.

Tina and Vicky stared at each other, sprawled on the floor. Like girls do, they started giggling and laughing over what happened. I ducked my head and laughed inside my hands. They had looked clumsy and silly when they fell over David.

When I heard them quiet down, I straightened up. On my tip-toes, I peeked over at the girls. Tina and Vicky had crawled closer to each other. They sat down beside each other, taking over David's spot on the floor. They kept giggling with their two heads pressed together, their hands wiping away tears. Without speaking to them, I ran around the metal shelf. I picked up the skinny book that David had been reading.

I looked at the cover and read the words *Maps: Texas Roads*. I opened up the book and saw little pictures, paragraphs, and maps. I knew some names like Austin and San Antonio, but other words were too hard for me.

The girls burst out laughing all over again. The young librarian with the glasses said, "Young ladies, stop that noise. If you can't behave, then you need to leave."

They just couldn't stop, so Tina said we had to go home. Vicky said they'd wait outside, while I found Ki. When I found him, he was holding two dinosaur books. I decided to check out David's map book. I told Ki about David and our sisters. He laughed and said he wanted to see the map book too.

Mike were checking out books as we e desk. We waited until we found the erra boys outside to talk about what in the library.

I wish I could have seen David's face when the girls fell on top of him," Mike said as we walked towards home.

"They scared him away!" I exclaimed. "You should have seen him run and hide."

"What a chicken! He's afraid of girls!" Tony laughed, then put his hands under his armpits and started cackling like a scared chicken.

Later that day, after supper, I sat with Ki on the sofa in our den. We looked at all the maps and pictures. Ki and I took turns saying words that we knew.

I rubbed my hand over the slippery page, a map that went with pictures under big letters: *Texas Hill Country*. "Why would David look at a book like this?" I asked Ki.

"Maybe he wants to go some place, Joe," Ki answered. "Like take a vacation. It's summer time, you know? Maybe he wants to go around Texas."

"I wonder—do you think he can ride his bike that far?"

Two nights later we had eaten supper early, and the guys said it was too hot to start a baseball game. So Gabe and Mike played cards with the Guerra

boys on the front porch steps. Ki and I played Chinese checkers to the side of the front screen door. We all waved at our dad as he drove his welding truck up the driveway. We expected he'd go in the back door and eat supper, so we were surprised when he came around the front porch instead.

"I built you boys something," Dad said. He leaned a pair of wooden poles against the porch railing. "Have fun, but be careful." He smiled and went into the house.

"Oh, wow! Stilts!" Gabe jumped up and tossed his cards around him.

"Stilts?" Ki and I said it together.

"I get to try them first!" Mike said, and raced down the steps.

Dad had taken a pair of 2x4 boards about five feet high. He cut out a hand-grip near the top and he nailed a thick block like a fat triangle about two feet from the bottom.

Mike lifted one leg and rested his foot on the triangle. He hopped up to put his leg on the other. He fell over like a tree in the forest. I even said, "Timber!"

"Somebody needs to hold up the other stilt until he can balance," Gabe said.

Tony grabbed onto one stilt. Albert grabbed the other one.

Mike climbed up, but stayed in a squatting position. "Okay, you got me? I'm going to stand up straight."

With every inch he raised himself, the stilts wobbled like crazy. Gabe grabbed on with Tony. Ki and I pushed our hands against the stilt that Albert held.

I would have guessed the stilts were rubber the way they swayed. Mike pulled on them to balance better. Suddenly we all fell backwards with him.

Albert landed beside Mike. Ki fell at Albert's legs. One stilt and I landed on Mike's stomach. Gabe and Tony banged heads before falling by the porch.

"Let me try!" Gabe said. "Mike can't walk to the bathroom without tripping on his feet." He picked up both stilts. He chewed on his bottom lip and eyeballed the stilts up and down. He put one foot up on a stilt and let it swivel around like he was testing it out.

"Well, what are you waiting for?" Albert said. He grinned and waited for Gabe to topple over.

And he did. Tony fell over. Albert fell down. Even when the rest of us tried to hold the stilts steady, each guy fell over. It was getting dark, and none of the big guys had done any walking.

My arms and legs felt itchy from falling in the dry grass so much. "Hey, can me and Ki try the stilts now?"

"Joe and Ki are too little," Tony said. He scratched his big ears like they were itchy too.

Ki said, "I'm almost eight!"

"Do you really think *you* can walk on these things?" Gabe asked Ki.

"Sure!" He raced to the fallen stilts.

We watched him drag them towards the porch. He leaned them against the railing. He climbed up

and stood on the four-inch edge of cement around the porch. He grabbed for the stilts. He used the height of the porch to step forward instead of up like everyone else had.

"Why didn't we think of that?" Gabe said, and walked over to help Ki balance.

I ran up to the other side of Ki. I grabbed tight to steady the other stilt.

Before I knew it, the other guys jumped up on both sides of us—just in case.

"Come on, Ki, take a step!" Mike called out.

"You gotta try!" Tony said.

"We'll catch you if you fall," Gabe said. He pulled Albert around to stand in front of Ki and the wobbly stilts.

Then it happened. Ki let out this deep breath like he had been swimming underwater. He pushed his shoulders down and lifted his chest up. He gripped the stilt handles so tight, his brown hands got white. He actually took one step out, and then his other foot followed. One more step, and then another.

The big guys started yelling and laughing and chanting, "Go, go, go!"

Ki actually walked about six steps until *he* started laughing. Then his arms went forward, but his feet slipped backwards. Luckily Gabe and Albert caught both Ki and the stilts as he lost control and his balance.

"It's my turn now!" I said, but no one seemed to hear me.

The big guys couldn't wait to try Ki's porch idea. I sat beside Ki on the porch steps watching the older boys take a couple of steps. They still flopped over.

"Was it fun?" I looked at Ki. His elbows were on his knees.

Ki nodded. Then he turned and grinned at me. "Joe, when the Guerra boys go home, you and me can play with the stilts, okay?"

"And in the morning, we'll get to them first. Tomorrow—" I stopped talking when I saw something move. Behind the long hedge of bushes that circled our house, I saw a shadow. I shook Ki's arm. "Hey, did you see that?"

"What?" Ki leaned over to look around me. "What did you see, Joe?"

"Something in those bushes—" I squinted hard, trying to see it again, but it was too dark.

Ki stood up on the steps and I said, "Do you see anything now?"

"Maybe—can't tell for sure." He grabbed me by the arm, and we walked down the steps. He pulled me close to the hedge.

A boy's head popped up on the other side. It was hard to make out a face, but the hair was like a brush and the neck like a chicken bone. Neither Ki nor I said a word. My legs were so stiff I could have walked on stilts with no help.

Three things happened next. Mrs. Guerra's call ran through the neighborhood like a siren. "Alberto! Antonio!"

Mom stepped out from behind the front screen door and said, "Boys, *Dogs from Mars* is on TV."

And the boy behind the bushes ran back towards the alley.

Ki whispered. "Joe, should we tell?"

I swallowed hard. "Better not. He left anyway."

My brothers, Ki, and I went inside to watch TV. *Dogs from Mars* was one of our favorite TV shows. It was after ten when Ki had to go home. We watched an old pirate movie, and then we went to sleep.

The next morning, when we went looking for the stilts, they were gone. So were the Chinese checkers. I picked up one yellow marble in the dirt by the steps.

"It was David," I told everyone. "Ki and I saw him in the bushes last night. Didn't we, Ki?"

"Yes, it's true." Ki pointed behind us to the hedge.

"We better not tell Dad," Gabe said, breaking a stick with his hands. "He gets mad when we don't put our stuff away and it disappears."

"How come he doesn't get mad at David?" I asked.

"Joe, don't say *anything*, hear me? You mention David, and Mom will lock us in the house," Gabe said. He used the stick to point at my nose.

Gabe's eyes looked thin and mean, so I kept quiet. The guys ran off to see if Arthur was visiting Mrs. Smitty. I didn't follow them. The big boys never let me have my turn on the stilts. Then they left the stilts outside where David could steal them. I had two itchy arms and felt mad at all of them, especially David. He had ruined my fun again.

Chapter Four

Water Dragons

Some days it didn't pay to stay mad, especially when my big brothers liked to swim on hot, summer afternoons at the city pool.

Naturally David came to the pool too. Everyday he wore the same red baggy trunks that hung low, showing everybody his underwear. First he'd sit on his bike outside the chain link fence, and yell at someone he noticed. He almost always picked on Ki.

"Hey, little kid! Where'd you get that ugly haircut? Hey, Chino! Did you bring your water wings?"

Today, after the tenth time he yelled something at Ki, I said, "Shut up!"

David threw down his bike and started to crawl like an angry spider over the fence.

I grabbed Ki's arm. We ran to the edge of the deeper part of the pool.

"Yeah!" David yelled. "You better take off!"

We waited until Gabe had climbed up the ladder to the diving board to tell him, "What's wrong, Joe?"

"David keeps yelling at Ki," I told my big brother.

Gabe wiped off his wet face with his hands. "Joe, stop acting like a baby! If David knows he can bug you, he won't stop. Just ignore him, and go swim."

I turned around and didn't see David anymore. "Where'd he go?"

"Maybe he went home," Ki said.

We went back to the shallow end of the pool. That day David didn't bother us again. We guessed David saw us talking to Gabe. Maybe he was scared of him.

A week later, though, my big brothers had gone with the Guerra boys to their grandparent's ranch. Tina and Vicky came with us to the pool in their place. When the girls were together, they didn't pay much attention to us. They liked swimming in the deep water. And like all the other girls, they talked to the lifeguards.

Ki and I just wanted some fun in the pool. We didn't see David on his bike. For a long time, we swam around. We climbed up the ladder and jumped back into the pool without any worries.

Everything changed when Ki did a quick run and jumped in near the black four-feet sign painted on the side of the pool. He shot up through the blue water laughing, wet, and cool.

I stopped on the edge of the pool and bent over to scratch my itchy knee.

"Do you want to be the water dragon or the warrior?" Ki called out, ready to play one of our favorite swimming games.

Suddenly I got shoved in the back so hard, I went flying. I flopped into the pool. The water slapped

my face. My nose filled up. I choked on water. I slipped down as I tried to stand on tiptoes. I saw big feet flopping up in the water. I couldn't miss those red trunks swimming away from me.

I was so mad. I wanted to spit water at David. I wanted to stomp his feet. I wanted to hold him underwater until his ugly face turned purple. I wanted to bite his arm and kick his leg and send him down the drain into the sewer.

"Joe, why did David push you?" Ki said as he swam up beside me.

I pinched my nose, trying to get the water out. "He's mean, that's all."

"Come on," Ki said, pulling on my arm. "You can be the water dragon today."

Ki always knew how to make me feel better. This special game in the pool started last time from a story we had read in one of Ki's comic books. We added new adventures every time we swam.

That day Ki became the warrior trying to find my secret cave. I swam around as the water dragon. He followed me. We pretended the fat woman was a whale and the teenage girl squeezing her boyfriend was an octopus. I swam deeper so that my stomach skimmed the bottom of the pool. Ki followed and barely grabbed my toes, trying to catch me. He did it underwater so no lifeguard saw us and got mad.

That's when the whale started moving towards me. I saw the fat lady's black bathing suit and her watery white legs moving right into my face. I did a zigzag and tried to go into another direction. The girl and her boyfriend decided to swim together,

wrapped around each other, like a real octopus coming right at my head.

I started laughing, sending bubbles up my nose. I swallowed water, started choking. I stood up. Then I felt Ki's arms around me.

"Gotcha! Water dragon, you're captured."

I wiped my nose with my hand. Then I slimed his arm.

"Hey! I don't want your dragon boogers!" Ki jumped back and let me go.

I wiped my nose again and reached for his arm. I laughed when he swam away.

Tina and Vicky walked through the water towards me. By the look on their faces, I knew our fun was over. Vicky and Ki could go out, but their mom *always* set a time they had to come back home.

Vicky turned and called to Ki, "It's time to go." Suddenly, she got pulled underwater like something going down the bathtub drain. She didn't come up right away, and Tina screamed her name.

"Hey!" I yelled, seeing skinny brown legs and big feet splashing around. We knew it had to be David. No one else was so mean.

Vicky came up sputtering water. Her long hair hung down her face like a black curtain. David made noises like a train whistle. He swam off towards the deep end of the pool.

"I'm going to tell somebody about that jerk!" Vicky yelled.

We had never seen Vicky so mad. We followed her up the ladder and stood right under the life-

guard's chair. Felipe was on duty. The skinny lifeguard had black hair and mirror sunglasses.

"Did you see what happened to me?" She slapped her hand against the steel bar that Felipe used to climb up to the high chair. "That kid, David, he pulled me under. He held my head down. He tried to drown me."

"Sorry, didn't see it." Felipe slid his sunglasses down his nose and looked down at her. "Maybe you just slipped," he said.

"I didn't slip. That David guy grabbed me."

"Well, I didn't see it, so I guess I can't do anything."

"I saw it," Ki said.

"Me too," I said.

"You kids get lost. I've got work to do." Felipe pushed his sunglasses back on his nose with one finger. He leaned back in his chair like he was king of the castle.

I spoke up. "Why don't you tell Gabe and Mike about it?"

Tina frowned at me. "And what can they do? Start a fight? How is that going to help Vicky?"

"Let's go home," Vicky said. She looked up at Felipe one last time. "You know, lifeguards are supposed to help *everybody*."

The lifeguard kept his jaw tight as he stared over the pool.

Tina, ever the peacemaker, pulled on Vicky's arm. "Let's go home. Your mom gets mad if you're late."

Vicky and Tina stepped away from the lifeguard chair. We walked back to the stone building with the lockers. Vicky muttered angry words about David. Tina's eyes were round with worry. Ki chewed on his lips with little typewriter teeth. I crossed my arms over my chest. How many people would cheer if David drowned in the pool?

Something made me turn back to look one last time. Smack in the middle of the blue water, stood David with a giant smile on his tanned face. I had never seen him smile. I had to stop and stare.

"Look!" I grabbed Ki's arm.

We stopped. The girls did too. David saw us watching him. He waved with one long skinny arm and he called out, "Bye-bye, boys and girls!"

Then he leaned over and dropped under water. Even as he floated away, he waved one arm back and forth.

"*Bye-bye boys and girls?* Somebody should teach him a lesson." Vicky's voice sounded like a thundercloud.

We got our towels, T-shirts, and shoes from the lockers. Our rubber flip-flops flapped in unison against our feet as we walked through the exit gate of the city pool.

To head towards home, we always passed the bike rack. Today one shiny blue bike with silver handlebars was double-chained through two bars.

Leaning against it was a neon pink girl's bike with a white basket behind the seat. It had a thick locking bar to keep it safe from thieves. At the other end of the rack—by itself with no lock or chain—stood a spray-painted black bike with chewed-up red streamers and a plastic green seat.

Vicky stopped so suddenly, Ki bumped into the canvas bag thrown over her shoulder. "Isn't that David's bike?" She stared like she could melt it with her eyes.

Tina looked like she had swallowed her gum. "What are you going to do?"

I said to Vicky, "Are you going to steal his bike?"

Ki sucked in his breath like he was going to blow out a million birthday candles.

"Why would I want that ugly bike?" Vicky tapped one finger against her chin. "But I want David to know what it feels like when somebody does something just plain mean."

"Vicky, we need to go. Your mom will get mad if you're late," Tina said, her voice growing shaky.

I almost smiled. Tina didn't mind bossing around her brothers. But with Vicky, Tina never acted bossy. I still didn't know much about Ki's sister. Tina and Vicky usually stayed at Ki's house. Ki always came across the street to get away from the girls.

"I have an idea," Vicky said. She pulled down one side of the canvas bag and started fumbling around in it. I saw her pull out two black hairpins.

"You guys have to help me so we can do this fast!" Her words rushed out in a thick whisper.

"Are we going to pop the tires?" I asked.

Vicky frowned at me. "No, Joe, we're not going to pop the tires. Or steal the bike! I have something else in mind to ruin David's fun." She handed me one hairpin. "Do you know how to let the air out of a bike tire?"

Tina, Vicky, Ki, and I all smiled at the same time.

"Joe, we can do the back tire," Ki whispered, and pulled me towards David's bike.

My fingers shook as I pressed the hairpin against the valve stem. We could finally get back at David for all the mean stuff. Why didn't my big brothers or the Guerra boys ever think of this? But what if we get caught? Could the girls run as fast as Ki and me?

Vicky and Tina giggled and whispered at the front tire. They didn't sound scared at all. I couldn't wait to tell Gabe and Mike about this!

Sweat rolled down my face. My hands slipped off the stem three times in a row. Ki took his turn with the pin and pressed it down too. Between the two of us, air seeped out in spits and coughs. Slowly, the dusty, patched tire flattened against the sidewalk.

Everyone had sweaty upper lips and dirty fingers when we finished. Naturally we didn't stick around to see what happened next. We all agreed that David wouldn't be laughing when he left the pool. And that idea made us "boys and girls" laugh and laugh all the way home.

Chapter Five

Winners and Losers

If David was mean, it was just David being David. If we were mean, it was always David's fault. That's the way I saw it. We threw rocks or let air out of the tires because David was mean to us first.

"What we did felt so good. Didn't it, Tina? I can't wait to tell Gabe and Mike what we did to David," I said to my sister as we walked up the porch steps.

Vicky and Ki had already crossed the street to their house.

I kept chattering. "They're going to laugh and laugh, aren't they?"

Tina shoved me against the porch railing so fast it made my mouth pop open. The bars were hot from the summer afternoon sun. My back stung with hot pain.

"Ouch! What's wrong?" I pushed my hands against her shoulders. "Let me go! Ouch! I'm getting burned up."

She released me. Her face pinched together as she said, "Listen, Joe. You can't tell anybody what we did."

"But it was David! You got him good!" I smiled, but still felt a sting on my back. "Why don't you want the guys to know?"

"Who knows what'll happen if David finds out we let the air out of his tires? We don't need him trying to get you and Ki. I don't want him chasing me or Vicky either."

Tina sighed and walked away. "Just leave David alone." She stopped just before she opened the front door. She turned back to say, "If we're mean like David, no one will like us either."

My lips wrinkled together. A moment ago, I felt so happy. Why did Tina have to spoil it?

Later Gabe and Mike only wanted to tell stories about Grandpa Guerra's ranch in the Valley. For two days, we heard about fishing in a river, rowing a boat, chasing calves, and climbing tall trees with thick branches. They didn't even think about David. I stayed quiet and no one noticed.

It was Saturday before we saw David riding down our street. He rode a different bike, an old faded blue one I hadn't seen before. He gave a look towards our house, but since Tina and I were sitting on the porch with my baby brothers, he didn't look twice. He pinched his bottom lip with his fingers, whistled loudly and rode away.

I guess I was happy that he didn't stop and ask, "Did you let the air out of my tires?" At the same time, I wished he had asked us about the bike. I had practiced so many good lies in my head. Now I wouldn't get to use them.

Ki's birthday was only a week away, and that was all he wanted to talk about. Even though he had to share his party with his sister Vicky—both were born in July—his excitement made both Tina and me forget about David's flat tires.

The day of the birthday party my mother made us get up early. "Each of you has to take a bath," she said.

She put clean T-shirts and shorts on our bunk beds. She told us, "You have to wear socks and shoes. No bare feet or *chanclas* at a party."

Tina came out of her bedroom in a pink dress. Her ponytail had a pink rubber band. Her socks had pink ruffles. Her church shoes had been scrubbed and were very white.

Mike scratched his head when he saw her. "How can you have fun dressed like that?"

Mom popped Mike on the back with the hair-brush. "Leave your sister alone! She looks very pretty!" She shook the brush at all of us. "You'd better remember to say please and thank you to the parents. Vicky and Ki are always so polite. You kids act like monkeys at the zoo."

Mom made all four of us sign both birthday cards. Tina took Vicky's card to her room to add a special message for her. I wanted to write something special to Ki, but Mike licked up the envelope too fast.

Finally we were ready to leave. Tina carried the present for Vicky, a matching belt and purse with colorful beads. Mom had wrapped it with yellow paper. I turned Ki's gift over and over in my hands, imagining the striped Frisbee inside the shiny blue paper. I followed Gabe, Mike, and Tina out the front door. We walked across the street to Ki and Vicky's house. There were five cars parked in front and four others crowded into the driveway.

"Who are all these people?" Gabe whispered to Tina.

"Vicky said they have a lot of cousins." Tina tossed her ponytail over one shoulder. "But we're *special* friends—that's why we get to come to the birthday party."

We followed the gravel driveway to the backyard. Near the back porch, a circle of ladies sat in lawn chairs under the pecan trees. Four babies lay on a colored blanket in the center.

Three men stood with Ki's dad by a smoking barbecue pit talking and laughing together. About a dozen kids were chasing each other around the yard. Most of them were barefoot.

Vicky sat at a wooden picnic table with three girls about her age. They all wore pretty dresses like Tina's. My sister walked over to their table with a big smile. She held out the present with two hands. "Happy Birthday Vicky, I hope you like the present I bought you."

Ki swung on the wooden glider under the pecan trees. He sat all by himself, watching everyone else

running around. My brothers and I walked over to him.

I put out the present with my hands like Tina had done. "Here's a present, Ki. Do you want to open it now?"

"Happy Birthday, Ki," Gabe said. "Who are all these kids?"

"These are the Pérez cousins. They all love birthday parties." He slipped off the swing and stood up. He took the present from me. "Thank you for coming. I can open presents after we eat cake." He talked like a robot.

Mike laughed. "Did your Mom tell you what to say?"

Ki smiled. "Yes. She also said that I had to kiss each of my aunties too. Some of them smell awful." He put the package under his arm. "I've been waiting for you guys to come. Now I can have more fun. There are too many girls and babies in my family."

Our family never had a party with so many people. We followed Ki back to a table with a thick pile of gifts. My brothers and I stared with big eyes at all the presents.

"Wow! Are all those presents for you?" I asked Ki.

He put the gift we gave him on top of the others. "Some are mine, some are Vicky's. But it's also my cousin Jessica's birthday—and my cousin Barney's birthday. I think it's Auntie Nettie's birthday, and maybe her baby's too. I forget."

"At our house, we have birthdays one at a time," Mike said. "Will there be four birthday cakes too?"

"I just saw one for me and Vicky—a fudge chocolate cake," Ki said.

Suddenly we heard the loud screech of a whistle like our teachers use at recess. In this case, a short woman in a flowered tent-dress stood in the middle of the yard. She blew the whistle around her neck again. We joined the kids gathered around her.

"That's my auntie," Ki said. "Auntie Gem's a teacher. She likes games."

Auntie Gem came up to look us over. She stood so close I saw the bubbles of sweat on her brown face. "We need you kids to divide into teams. Let's see one-two . . ." She pointed over our heads and counted out. She pointed or pulled on a T-shirt as she spoke. "And you three get with those three. Ki, you and your friends can be another team. Grab Barney and Andy to be with your team. Vicky, aren't you girls going to play a game? We need one more team for Stella and Edna to be on."

The older girls at the table huddled together and started whispering. Then they all jumped up together. They ran toward two girls about my age standing near Auntie Gem.

She marched us near a flower garden. Two wooden benches were lined up across from each other. The space between them was about half the yard. One bench had four glasses of water. The other bench had four empty glasses.

"Okay, kids. Line up your team behind each other," she said.

Ki pulled me along, and we got in front of Gabe and Mike, followed by the boys called Barney and

Andy. They looked a lot like Ki with slanted eyes, black hair, and brown, skinny bodies. They seemed a little older than me.

From the pocket of her tent-dress, Auntie Gem pulled out four tablespoons. She handed one to the first person on the team. Ki got the spoon for our team.

"Your team needs to dip the spoon in the water. Then you carry it across the yard as fast as you can. You pour it inside the glass. The first team to fill up their empty glass wins."

"This ought to be easy," Mike said.

I wasn't so sure. Before we knew it, Auntie Gem blew the whistle and the race began. Everyone seemed to be yelling.

"Hurry up! Hurry up!"

"Walk faster, Cindy!"

"Ki! Ki! Don't spill it! Walk slower!

"Go, Vicky! Go!"

We watched Ki do a wobbly walk with the filled spoon. Everyone's spoons dribbled water into the grass. When it was my turn, my hand shook. Water in my spoon spilled onto the bench.

I heard Mike saying, "Come on, Joe! It's easy! Hurry up!"

I stared at the spoon. Water sloshed around the edges. I tried walking faster, but then more spilled. I slowed down to baby steps. Finally I poured the water left on the spoon into the empty glass. My spit would have filled it better.

I ran back to our team with my empty spoon. Gabe's turn came next. He got a full spoon of water.

Like everyone else, he spilled a lot trying to run across the yard.

When it was Mike's turn, he almost knocked over the water glass. He rushed and spilled like the rest of it. Now we all knew it wasn't so "easy" to fill a glass of water this way.

Barney and Andy did their best. Everyone did. All of us kids tried to spoon, walk, and pour as best we could. We laughed as much as we yelled for our teams. All the moms laughed and cheered for their children.

Finally Vicky, Tina, and the older girls managed to fill up the glass with water. All of their pretty dresses were sprinkled with water drops. Ponytails were crooked or coming loose. They had worked hard to win. Each one got a wooden paddleball as a prize.

Next Ki's mom had us each grab a folding chair. We made two long lines of chairs facing back to back. Everyone sat down on a chair but Vicky. They started the music, and we marched around the chairs. When it stopped, we had to all find a chair to sit in.

We had played musical chairs before, but not with Ki's cousins. They didn't mind shoving their bottoms onto a chair, even if yours was there first. The third march around the chairs, Barney slid right into me. He pushed until I fell off. A girl with crooked teeth pushed Mike out by the sixth round.

Gabe and Tina managed to stay in there with the pushy cousins. When there were only four chairs and five kids, Tina lost her spot to a chubby girl

named Mari. Then Gabe put on that bulldog face of his. We knew that Ki's cousins had met their match.

Soon only Gabe and Mari circled one chair. The music went off just as Gabe passed the chair. He slid back onto it. Mari tried to sit down. Instead she sat halfway on Gabe's lap.

Mari tried to wiggle and shove herself into his spot, but Gabe gripped both sides of the chair and didn't budge.

Her sweaty face blushed red as a tomato. Everyone howled with laughter.

Mari stomped off across the yard. We whooped and hollered, "Yeah, Gabe!" He got a yo-yo for winning. We clapped like he had won a prize for all of us!

Chapter Six

Potatoes and Birthday Cake

After musical chairs, we paired up to toss water balloons. I got splashed in the stomach when Ki threw ours too hard. Gabe got a water balloon smack in the face from Mike. Finally, a team of Ki's girl cousins managed to toss a balloon three feet away and catch it without breaking. They each won a tin can filled with bubble gum.

We played tug of war, boys against the girls, and well—we lost. There were just too many girls! Each girl on the team won a bag of peppermint sticks. We did wheelbarrow races, but Ki kept dropping my ankles, so we didn't get very far. Gabe and Mike won that race. There was a ring toss using a striped hoola-hoop and filled water jugs. We cheered when Tina won that game. She got a new hoola-hoop as her prize.

It seemed as if everyone had managed to win a prize but Ki and me. When Ki's auntie said, "This is the last game, boys and girls," I looked at my friend.

"Ki, I want to win a prize at your party too."

We were both sweaty and dirty. All the Silva kids were barefoot now. If my mom saw us, she'd call us all "monkeys" for sure. We all had fun, but I still hadn't won a prize.

"Joe, we can win this game. I know it!" Ki smiled at me.

Auntie Gem explained the contest. "You need to pair up. Each pair will get a potato. You need to run across the yard to the fence."

"That seems easy," I whispered to Ki.

"Now, the main rule of the game is that you have to carry the potato by pressing your foreheads against it. You have to keep your hands held behind your back. If you touch the potato or if you drop the potato, you're out."

Ki grabbed my arm and pulled me over to a straw basket filled with potatoes.

"I've done this before," he said. "Only I never got a partner who was my size. That's the secret: pair up with someone as tall as you. And we need a smooth potato."

Ki acted like his pushy cousins. He shoved another girl away to reach into the potato basket. He ran back to me with a small flat game potato in his hands. He held it against my forehead and said, "Perfect! It's just our size." His laughter made me laugh too.

Not everyone wanted to do the potato race. Vicky, Tina, and the other girls in dresses went back to a table. Some of the little kids ran to their moms and begged for something to drink. Barney and Andy paired up. Barney was taller, so he had to

bend down to press the potato against Andy's forehead. Gabe and Mike paired up, but they got a bumpy potato that kept slipping down.

We waited for eight pairs of kids to line up along the fence.

Auntie Gem yelled out, "You have to get all the way to the other side. First team to touch the fence wins the prizes. Don't drop the potatoes. Ready?"

Ki pressed the potato against my forehead with his hand. It smelled like green dirt.

"Get ready!" she called out.

He pressed his forehead into his side of the potato. He took his hands away. I held my arms behind my back. I grabbed my fingers with the other hand.

She screamed, "Go!"

Both of us walked sideways together. I couldn't tell if we moved straight. My eyes could see the ground and our dirty bare feet. My head felt slippery. Would I drop the potato? I moved my head closer to Ki. His hot breath blew my chin.

I heard some girl cry, "You dropped it!"

I heard Gabe's voice. "Aw, Mike! Whadya do that for?"

The older girls screamed. "Don't drop it!" Men's voices cheered. "Go! Go!"

Ki's forehead squeezed the potato against mine. I felt dizzy, trying to walk-run with a potato headache. Voices around us, screamed, yelled. Someone kept calling out our names. I was lost in a mix-up of noise, sweat, and potato.

We didn't know who was winning. We also didn't know we ran crooked the whole way. We heard people yelling, but we didn't stop.

"We gotta win. We gotta win, we gotta win." I said it over and over, like a prayer on rosary beads. "I want a prize. I want a prize, I want a prize."

When my prayer changed, so did our luck.

We crashed right into the side gate. It clinked and clanged like a mad dog trying to get through it. We felt the sting of the chain links against our shoulders. The potato popped up between our heads. I fell on top of Ki. The potato plopped on my back. Then it rolled down my leg.

Everyone laughed at us, including a cackle of laughter coming from behind us.

I looked over my shoulder, and sucked in my breath.

David stood by the trash cans holding his arms across his stomach. He laughed and laughed, then pointed at us, and laughed some more. "You little boys—funniest things I ever seen!"

He looked very happy. He didn't know I had lost my last chance to win a prize.

Ki saw him as I sat up.

"It's David." Ki whispered as if it was a secret.

Loud cheering at the other end of the yard made us look around. Mari and another chubby cousin had reached the fence. Mari danced and waved the potato in her hand.

"No fair." I rubbed my forehead. When I saw the potato by my foot, I picked it up. "We got to the fence first."

"Wrong fence, I guess," Ki said. He stood up and turned towards David and the trash cans. "Why are you watching us? It's my birthday today."

"Yeah!" I was so mad at the stupid potato. I threw it at the gate. It thumped hard against the chain links between us and David.

David jumped backwards. His laughter stopped. His face turned to stone. He crossed his bony arms across his chest.

"I can stand any place I want, Chino," he said in his mean voice.

"Don't call me that! I don't like it," Ki said.

"Next time, invite me to your party!" He gave Ki a mad stare. Then he glared at me. "And you, little boy—you're just like your brothers!"

His gaze raised above our heads, like he saw something behind us. He whipped around and ran off. Mike, Gabe, and Ki's dad showed up at the fence just as David grabbed one of his old bikes by the curb.

David rode away as Ki's father asked, "Who was that boy, Ki?"

"Nobody," I said, and for no reason I could think of, I started crying.

Mike gave me a frown. "Joe, what are you crying for? Did you hurt yourself?"

Gabe reached down and grabbed my arm. He pulled me up as I sobbed louder. "Joe, this is no time to be a cry baby. We're at a party," he said.

I still felt mixed up from running with my head down. And then I hit the fence—and then David laughed at us—and we didn't win the game!

"It's no—not f-f-f-air," I wailed. "I—I—I w-w-wa-wanted a prize."

"Don't be a baby! You can have my yo-yo," Gabe said. He let me go to reach into his pocket. He pulled out the striped wooden yo-yo and handed it to me.

I rubbed my wet eyes and shook my head. I was so tired, so mad. I smelled like a dirty potato. I had just crashed into a fence. I didn't want a yo-yo. I didn't know what I wanted. I put my hands over my face. More hot tears rolled down my cheeks.

Ki's father put his arm on my shoulder. "There's always an extra prize or two. You and Ki worked very hard. I'll be sure you get a prize, Joe."

I felt better now that I had exploded. And Ki's dad was going to give me a prize. I dragged my fingers down my face to wipe off the last tears.

"Come on, kids. It's time for cake and ice cream." Ki's dad led the way towards the gathering of children and adults around the picnic tables.

I saw Ki walk back to pick up the potato I threw at the gate.

"What are you doing?" I asked, sniffing up the wetness in my nose.

"I'm getting the potato. My father roasts them in the barbeque pit. We need all the potatoes from the basket. There are lots of people to feed in my family."

I faced Ki with a half-smile. "Make sure you eat *that* potato, okay?"

"I will!" Ki laughed as he tossed the potato in the air. He caught it with two hands. "We need to practice for my next party; or for your birthday, Joe. Tell

HAPPY BIRTH

your mom that you want to do a potato game at your birthday party, okay?"

"Okay," I said. My potato headache didn't hurt too much anymore. "You know, Ki, my birthday comes in October. We'll have lots of time to practice. Then we can win for sure!"

Later we sang, "Happy Birthday to you," five times for Vicky, Ki, and three other people. We ate ice cream from little paper cups. We ate a piece of Vicky and Ki's fudge chocolate cake and got a piece of Auntie Nettie's white cake too.

Just as they were going to open presents, Ki's dad came around the table with a little package in his hand. I thought it was a present for Ki. He walked over to me instead. He placed a clear bag with a green plastic squirt gun on the table right in front of me.

"Here, Joe. This is for you," he said. He rubbed my head with his hand. "You can shoot potatoes with it!"

Gabe nudged me in the side. "Say thank you," he whispered.

I smiled up at Ki's father. "Thank you." I picked up the package. I felt like it was my birthday too.

And when Ki's dad carried out a new red bike with shiny black and gold trim, I cheered as loud as Ki did. We finally had a good bike to ride. I couldn't wait to try it!

Chapter Seven

Alley Animals

"Ki, you can't leave your bike outside—ever!" Mike told him the next day. "If you want a drink of water, take the bike into the kitchen with you."

"Keep the bike in the garage every night," Gabe said wisely.

Tony spoke up. "What if David tries to break in and steal it at night?"

"Tell your dad to buy a heavy chain and a thick lock," Albert answered. "And then chain the bike to the bumper of your dad's car."

"You need to get a guard dog," I said. "A big mean dog that eats everything."

"You could set a trap." Mike made gestures with his hands. "Dig a pit and cover it with branches. I saw that in a *Tarzan* movie."

Albert stabbed Ki's shoulder with pointed fingers. "Does your dad know where to buy barbed wire?"

Ki shook his head. He looked at me and said, "I don't want David to take my bike, Joe." His dark eyes shone like two black marbles.

I didn't want the new bike stolen either. Ki let the older guys try riding the bike up and down the street first. My big brothers and the Guerra boys were too tall to ride the bike comfortably. When they pedaled, their knees kept knocking the handlebars.

"This thing is too short," Tony said. "I bet there's a way to make it taller." He walked the bike back to where we stood at the curb in front of Ki's house. "You could raise the handlebars or lower the seat—something like that. Then it'll be perfect."

Ki grabbed the handlebars. "This bike is *my* size." He jerked the bike away from Tony. "I like it just the way it is. You fix your own bike. Leave mine alone."

We had never heard Ki get so mad. Was he really mad at Tony? Or had our David-might-steal-your-bike stories gotten to him?

I wiped my sweaty hands down my shirt. "Ki, can I take a turn on your bike? I'm your size."

He shook his head at me. "I want to ride my bike a while, Joe."

"Oh," I looked at the ground and said, "Okay."

"We should get *our* bikes," Albert said. All the big guys ran off.

I stood on the sidewalk, watching Ki zoom up and down the street. Before long, the older guys rode by Ki. Everyone laughed as they raced or tried to ride hands-free and steer the handlebars with their knees.

My friend Ki didn't forget me like my brothers did. After several rides up and down the street, Ki

stopped at the curb beside me. He got off the bike and said, "Here, Joe. You take a turn now."

Riding Ki's bike gave me wings. I pedaled faster and faster like I could fly into the skies. I had never ridden a new bike before. I couldn't feel any bumps on the street. The handlebars kept the tires straight without any wobbles. The pedals felt smooth under my bare feet.

Tony was *so* wrong. Everything about Ki's bike was just *perfect.*

The time had come to ask my dad for a better bike for me. This past year I rode Mike's old bike. Two years ago it was old and falling apart when we got it from an older cousin. Mike rode it like a dare-devil and crashed it a lot. The fenders had cracked apart. The handlebars had been bent up and straightened out too many times to steer well. The old tires never held air longer than a couple of hours. I had forgotten it in the front yard a bunch of times. The next morning, it was always where I left it. Even David didn't want to steal that bike.

The more I rode Ki's bike, the more I wanted a new one. It didn't have to be a brand new bike, just one that didn't ride like junk.

My dad had been working long days lately. My mom was busy cleaning the house for my baby brother's baptism party. Parties always made every-body happy. After the party maybe I could ask for a better bike.

In our family, baptisms were bigger celebrations than birthdays. Mom usually invited my grandparents, Uncle Tulio, Aunt Rebe and their families, the Guerra family, and Dr. and Mrs. Smitty. For my new brother Vincent's party, Mom invited Ki's family too. They had to go to a friend's wedding first, but they let Ki stay with us. Like my brothers and me, Ki was dressed in ironed pants and a clean shirt for the baby's baptism at our church.

The thing I remember most about baby baptisms is a lot of baby crying. It happened when I saw my little cousins and my little brother, Frank, get baptized. All the Silva babies wore the same white dress that my great-grandmother made. Maybe it was too itchy. Maybe the water was too cold, or the priest's voice too loud. Whatever it was, one thing was for sure: the babies in my family didn't like Baptism.

That Sunday afternoon Vincent screamed like crazy. I bet all that crying scared all the pigeons out of the bell tower.

He kept crying as we all followed my parents and grandparents out of the church. Both of my grandmothers had tried holding him, but he still cried and cried. My mom took him and almost ran down the church steps. I bet she was embarrassed.

"Your baby brother cries a lot," Ki said as we walked towards the parking lot.

"Frank was worse," Mike said. "The crying got so bad, the priest turned off the hearing aid in his ear."

That's when I rubbed my own ears. "I wish there was a button to shut off Baby Vincent."

"The crying will stop once Mom feeds him," Gabe said. "Vincent loves to eat more than anything."

"I can't wait for us to eat too. I'm starving," Mike said.

Ki and I rode back to our house in Grandpa Rudy's car. We didn't want to hear Vincent's crying anymore.

At the house, Aunt Rebe waited for everyone to come back from the church. She had been busy setting up the tables in the back yard. She had warmed up the food. It was what Mom had done at Aunt Rebe's house when her babies got baptized. Tina had stayed behind to help out.

"You're lucky not to have baby brothers," I told Ki. We had stayed on the porch when everybody went inside. "They just cry and poop all the time."

"Baby sisters do that too. At least when Frank and Vincent get older, you can hang out together—like you do with Gabe and Mike." Ki looked back towards his house. "When my little sisters get older, they'll just be silly like Vicky."

Tina stepped out from behind the front door. "Hey, Joe, Mrs. Smitty just called. She has some food for the party, but Dr. Smitty isn't home yet. Mom says we need to walk over there and get it."

"Why can't Diana and Margie go with you?" I answered.

"They have other chores. Now come on! Mom said!"

"Okay," I answered. "Come on, Ki."

It was quicker to get to Mrs. Smitty's through the alley. We walked through the back gate.

Tina put down the metal latch to keep the gate closed. "I hope we can carry everything ourselves. If not, I'll call Gabe and Mike—"

Two loud whistles made Tina stop. We all turned around. We looked up and down the alley. But we saw nobody.

Ki said, "I hope David doesn't watch your party like he did mine."

"Do you think David made those whistles?" Tina looked around once more.

"He can't come to our party," I said. "Dad would chase him off."

"Come on! Let's get over to Mrs. Smitty's house," Tina said. She pulled my arm. I grabbed Ki's arm. We walked a little faster, just in case.

Inside Mrs. Smitty's house, we relaxed. Her air-conditioning felt cool on our hot faces. Her house smelled like cookies and fresh bread. She offered us some lemonade when we were in her kitchen.

"No thank you, Mrs. Smitty," Tina said in a polite way that would have made Mom so proud.

"I'd like some lemonade," I said.

"Me too," Ki said.

Tina tilted her head. She said in a not-so-polite-voice, "We don't have time to drink lemonade. Mom's waiting for us, Joe."

"Just a small glass for the little boys. It won't take but a second to fix. Tina, I'll fix one for you too." Mrs. Smitty smiled like she was happy to have us

inside her house. Most grown-ups we knew wanted us *out* of the house so we wouldn't break anything.

Mrs. Smitty opened up the cabinet door. Each glass stood in a straight line. They were sorted by size from short juice glasses to taller tea glasses. They all sparkled so clean. Her glasses could be on TV.

In our house, none of our glasses matched. Mom bought one glass here or there to replace what we broke. She washed dishes, but never lined up our glasses like soldiers standing at attention. And she never made lemonade as good as Mrs. Smitty's.

Her lemonade was sour and sweet at the same time. I started to ask for a second glass. Tina kicked my shoe where we stood by the kitchen counter.

"We better get home, Mrs. Smitty. Thank you for the lemonade," Tina said.

When Ki and I said nothing, Tina pinched my arm.

"Ouch!" I jumped away and stepped on Ki's foot.

"Tell Mrs. Smitty thanks for the lemonade," Tina said out of the corner of her mouth.

I rubbed my arm. "Thank you for the lemonade, Mrs. Smitty."

"Thank you for the lemonade," Ki said, a second later.

"You're very welcome, children." She smiled at us. "I hope Dr. Smitty isn't too late. I don't want to miss too much of the party."

"Don't worry," I said. "Nobody goes home early from baptism parties!"

Mrs. Smitty handed Tina the bowl of potato salad she had made. She gave Ki a box of delicious smelling cookies. I carried a basket of fresh rolls still warm from the oven. We left Dr. Smitty's house and walked down the alley towards home.

"This bread smells so good," I said to Ki.

"These cookies smell great, Joe. I can't wait to eat them," he said.

That's when we heard the noise. Something like banging, but deeper, like it was coming from underwater. We thought we heard a yell. Or was it an echo?

We slowed down near the metal trash cans at our back gate. The sounds had grown louder.

"Something's in the trash can," Tina said.

"Maybe it's a possum," I said. "They're mean! Leave it in there, Tina."

We heard little pounding sounds at the bottom of the can. Then we saw it rock from side to side. The lid was pressed tight on top.

A ghostly cry for help echoed inside the trash can.

All three of us jumped back at the sound.

"It's a voice! Someone's in the trash can!" I yelled.

"Maybe it's one of the Guerra boys playing a trick on us!" Tina said.

Ki ran to the back gate of our house. "Gabe! Mike! Something's in your trash can! Come here!"

My big brothers ran out pretty quick. Tina and I stared at the can. I'm sure we were both scared. At the same time, I wanted to see inside it.

"What's wrong, Joe?" Gabe asked. "What's in the trash can?"

Mike banged on the lid. He heard a louder sound, like a scream covered by a pillow. The can rocked from side to side. The pounds at the bottom of the can sounded like tiny hammers.

"Stand back," Mike said. "I'll yank off the lid!"

My hands squeezed the handle of Mrs. Smitty's basket. I was ready to swing it hard. I bet I could hit *whatever* came out of the trash can.

Mike grabbed the skinny metal handle on the lid and pulled hard. His sweaty hand slipped off. "Ugh! It's stuck."

Gabe pushed Mike out of the way. "Let me try."

We all knew Gabe was solid and strong. It took a couple of deep groans and pulls. On Gabe's third try, the trash can lid popped up and off the can.

We all looked inside.

David's sweaty face stared right back at us.

"Help me." His voice moaned with scratchy words. "I'm stuck. Help me!"

Chapter Eight

The Boy in a Black T-shirt

David's wide shoulders had wedged him tight in the trash can. He couldn't move, except to rock the can from side to side.

After we got over the surprise, we started to laugh. Our laughter only made David yell at us like always. "This isn't funny! Get me out of here!"

"How could you be so dumb?" Mike pointed at David and laughed even louder.

"How did you get inside our trash can?" Gabe asked him.

David's tanned face pinched together as a frown. "I just got stuck, that's all."

I couldn't believe that we had David trapped. He couldn't do mean things. He couldn't steal our stuff. He was totally helpless. I wanted to kick the trash can. See it roll down the alley with him inside. I wanted to know what he did with Ki's ball, with our stilts, with my Chinese checker game.

Gabe said, "We won't help you, David, if you don't tell us why you're in there. Start talking." He crossed his arms. He planted his feet on the ground.

David's voice was a growl of anger. "Get me out of here!"

Mike stepped closer to the can. "You can't get out unless you talk."

Suddenly David screamed real loud. "No! Get me out of here!"

None of us moved from where we stood. We all felt very brave with our red-headed enemy stuck in our trash can.

Mike picked up the trash can lid. "Just leave David in there. The trash guys come tomorrow. Let them find him." He raised the metal lid over the can.

"No! No!" David's eyes opened up big and round. "Don't leave me in here. I got no feeling in my legs. I've been stuck in here too long. What if I gotta go?"

"Then you gotta talk." My voice was high and excited. "You better tell us the truth, David. My brothers can be just as mean as you."

David's scrub brush hair was slick with sweat. His dirty, wet face made my stomach feel funny, like when I told a lie that got someone else in trouble.

"David! Why are you stuck in our trash can?" I begged the question with the strongest voice I owned.

He turned his head to look at all of us. Then he lowered his eyes. He spoke slowly. "I saw you kids going down the alley. I wanted to scare you. So I got into one of the empty cans. Only I heard somebody at the gate. I tucked in tight and low, pulled the lid over the top. Then someone slammed down the lid."

Gabe elbowed Mike. "Maybe it was Grandpa Rudy. He always slams down all the lids so animals won't get into the trash cans."

Mike grinned and raised one eyebrow. "Today he trapped a red rat, didn't he?"

Tina said, "You were mean to try and scare us." She hugged the potato salad bowl at her waist. "You got what you deserved, David. But if you say you're sorry, we'll help you. Are you sorry?" She sounded just like awful Sister Arnetta.

I wasn't like my sister. I wanted to make sure we got something more than "Sorry" if we pulled David out. "You have to promise not to steal our stuff anymore, David. Stop pushing us into the pool. And you can't try to scare us anymore. You have to promise us, David, really promise."

"Yeah!" Gabe said. Mike, Tina, and Ki added their "yeahs" too.

David frowned a little. Then he let his breath out.

"Promise, huh?" His voice sounded very sad and tired. No angry eyes, no scowling face. "When did anybody ever promise me something?" His brown face had opened up with his words. It was like a window into his head.

And for the first time, I wondered what things were like for David. We didn't know anything about him. Stuck in the trash can, looking so sad, I felt sorry for him. But just because I felt sorry didn't mean he could be our friend.

Gabe spoke up. "David, we got a family party to go to. Come on, Mike. Help me get him out of the can."

Tina nudged my shoulder. "Let's go, Joe. We need to get this food to Mom. Ki, come on."

"I don't want to go," I said to my sister. "I want to see them get David out of the trash can."

"No, we need to go. Mom's waiting for the food." Tina pushed me along, and Ki followed us.

I heard Mike say, "We could grab him by the neck and pull."

Gabe answered, "We'd choke him! Think of something else."

I opened up the gate and ran towards the table under the patio cover. Mom, my grandmas, and Aunt Rebe were already serving plates of food. I set the basket in a spot by the pot of rice and said, "Mom, you'll never believe it! David got stuck in our trash can."

"What?" Mom stopped serving the rice in mid-air. She plopped the spoon back into the rice pot. She looked at me, but her hands reached out to take the box of cookies from Ki. "What are you telling me, Joe? Who's in the trash can?"

By then, Tina had walked up. "Mom, that boy David—he got himself stuck in one of the trash cans in the alley. Gabe and Mike are trying to get him out." She handed the bowl of potato salad to Grandma Ruth.

I smiled. "He's pretty funny looking, Mom. All you can see is his head. His shoulders are stuck tight." I looked back at Ki. We both laughed together.

"Oh no!" My mother set the box on the table. She turned and called out for our father. "Amaro! Amaro!"

Our dad leaned over the smoking barbecue pit near Grandpa Rudy and Uncle Tulio. He raised his head and looked towards our mom. "What's wrong?"

As Mom walked towards Dad, a trash can rolled into our yard. Gabe and Mike had pushed it from the alley. Everyone in the backyard stopped to stare at the sight. My brothers each took a handle and yanked the can upright. David's head wobbled from side to side. He had to be so *dizzy* from rolling inside the can!

Gabe yelled, "We can't get him out."

Before long everyone had gathered around the trash can. None of us kids had ever seen David like this. His eyes were wide. His lips trembled. He seemed to be shivering.

Uncle Tulio and Grandpa Rudy tried pulling from the top. Their fingers were too thick to release David's shoulders.

"We could pour cooking oil all over him," Grandma Ruth said. "Then he might slide out."

"Eew, gross!" Tina, Ki, and I said at the same time.

David's mouth had dropped open. He shook his head, but no words came out.

"I know what to do," my father said. "I have my sheet metal shears in the truck. I'll cut a split down the side and open it up." He walked off to get them.

"How long have you been in the can, son?" Grandpa Rudy asked him. He spoke gently, like he would talk to any of his family. "How did this happen?"

David swallowed hard. "Don't know." His voice sounded scratchy.

I tugged on my grandpa's pants' pocket. "Grandpa Rudy, did you take out the trash today?" I asked him.

He reached down and rubbed my head. "Yes, *m'ijo*, I did. Why?"

"We think you slammed the lid down on David. He was hiding inside so he could scare us, but then he got stuck. Gabe had to yank the lid off." I looked at Ki. "Right?"

Ki nodded his head quickly. He looked at everyone else, and nodded again.

Grandpa Rudy got down on one knee by the trash can. "I'm so sorry, David. But Amaro will get you out. Don't worry." His fingers rubbed the side of the trash can.

My dad didn't waste any time in returning with his metal shears. They were like giant black scissors with thick silver blades. Uncle Tulio and Grandpa Rudy held the can steady. Dad snipped three times down the back of the can. He put the shears down on the grass. Then he pulled the top of the can in opposite directions. It made the slit into an open wedge.

"Be careful standing up," Dad said to David. "Don't get cut on the edges."

Grandpa grabbed David under the arms and pulled him up. He lifted him out of the can and

stood him beside it. David looked so small next to our tall Grandpa.

The girls clapped and cheered. David wiggled away from my grandpa's grip, but his legs shook like Jell-O. He almost fell down, but Uncle Tulio grabbed David by the other arm.

"Easy, boy," Uncle Tulio said. "Your legs are going to be cramped and tired after squatting in a can this long."

"I'm okay," David said in a mean way. He acted like he wasn't even grateful. "I gotta go now."

My dad picked up the shears. "Why don't you stay and eat with us? We have plenty of food."

David's face suddenly seemed to match his hair. "Naw, I gotta go." He rubbed his hands against his gray T-shirt that would probably be white if it wasn't so sweaty.

"Come on, David," my dad told him. "We have a lot of food. We can always bring up an extra chair to the kids' table. You know that Spanish saying *mi casa es su casa*. Our home is your home. Please stay and eat with us."

David sniffed the air, and couldn't help but like that barbecue smell. He licked his lips as he stared at all the food on the table behind us.

My mom put her hand on Gabe's shoulder. "Son, why don't you take David inside so both of you can wash up? And find one of your T-shirts for him to borrow until his shirt dries out. I don't want him to catch a cold because of this accident."

Gabe's face looked purple, but he just nodded at Mom. He turned to David. "Come on, David, let's go inside."

We couldn't believe how quietly David followed Gabe. David was actually going inside our house. I hoped David wouldn't find any of my toys to steal.

Mom clapped her hands quickly. "Okay children. Sit down. It's time to eat."

She didn't have to it say it twice. Once she set down plates in front of Ki and me, I forgot about David inside our house. When he finally sat down beside Gabe and across from Mike, he wore a black T-shirt with a baseball player hitting a ball. The shirt wasn't new, but it was one Gabe liked a lot.

Mom put a plate down in front of David. "Do you like *carne asada*, David?"

"I like it—got some tortillas?"

"We have those too," Mom said. "Tina, pass David a tortilla, please."

Usually at a family party, we laughed, joked around, and sometimes started crazy arguments. But with David at our table, eating up the meat, potato salad, rice, and beans like a vacuum cleaner, we just put food in our mouths and stared at our "guest."

My girl cousins, Diana and Margie, who *always* sat with Tina, took their plates to another table. They watched us and whispered together.

Before Dad sat down at the big table with the adults, he passed our table to ask, "Does anyone need seconds? David, would you like more food?"

David licked his fingers and said, "Yeah—it's good."

As Dad took David's plate away to refill it, Mike finally spoke up to ask a question we all had wondered. "So where do you live, David?"

"Not far." David wiped his sloppy fingers down the front of his borrowed T-shirt.

Gabe bit his lip and kept quiet, but we knew he wanted to say plenty.

David looked around the table at all of us watching him. He shrugged and said, "I live behind Seruya's Shop."

"What's that?" Ki asked.

"A shop my uncle has. We sell stuff."

Mike ripped up a tortilla. "What do you mean—stuff?"

David shrugged his shoulders. "Stuff, junk—everything. Old TVs, clothes, dishes, toys, bikes. Whatever we can find to sell."

We were probably wondering the same thing: Did they sell anything he had stolen from us? But I decided to ask something else. "Where do you get all your bikes?"

"What bikes?" David looked at me like I had asked him if he could fly.

"We see you everyday with a different bike," I said. "Do they all belong to you?"

"Naw." He shrugged again. "My uncle fixes bikes up for extra money. I just ride 'em around to be sure they're worth fixing. Then my uncle sells 'em."

"Has your uncle ever sold some stilts?" I asked David.

"What's that?" he asked me.

All my words came out in a rush. "Stilts are made of wood. You walk on them. Remember? You were watching us from the bushes. Then you stole them," I said.

That was the moment that Tina sucked in air like she had swallowed a fish bone. "David didn't steal your stilts. Daddy got mad because you left them outside. Early in the morning, Grandma Ruth tripped on them and almost broke her leg! He took the stilts back to the workshop and hid your Chinese checkers there too. I heard him tell Mom everything. He was really angry. You guys were still asleep."

I felt like I had a soup bone stuck in my throat. I didn't know what to say. Besides, Dad had come back to the table with more food for David. None of us were ready to remind him of something he had forgotten to get mad about. We all sat there and watched David suck up a second plate of food.

Chapter Nine

David

If you can imagine the faces of two boys who saw a chicken driving a car, then you'd know the look on Tony and Albert Guerra when they saw David sitting with us.

Mrs. Guerra kept apologizing to our mom because they were late. She explained in Spanish how their cousins from Mexico were slow to leave.

Tony and Albert said nothing. They just stood there, staring.

Gabe finally spoke up. "My dad invited David to eat with us."

I said, "Yeah, he got stuck in our trash can."

"Your trash can?" Albert had to smile. "I wish I could have seen it."

"Hah! Was he looking for food?" Tony asked in a loud voice and started laughing.

Tina stood up and pointed her finger right at Tony's nose. "It was an accident, that's all. It could have happened to anybody. Now why don't you two go get food? It'll keep your mouths busy—too busy to say stupid things about David."

We all stared at Tina, especially David. I don't think he expected Tina to stand up for him. None of us did.

Tony and Albert looked red-faced as they followed Tina back to the food table.

"Who are all these people here?" David pointed towards the adults.

"This is our family," Gabe said. "Well the Guerras are neighbors, but our parents are *compadres* to the Guerras."

"*Compadres*," David repeated.

"That means they're godparents for someone in the family," Mike said. "Do you know what godparents are? You know—*padrinos*?"

David frowned at Mike. "I'm not stupid. I know what *padrinos* means. And I got some godparents too."

"You do?" I said with wonder. I never thought of a kid like David having godparents. "What about your real parents?"

David just stared at me. "I live with my granny. My momma's dead."

None of us knew what to say. That's when our mother showed up with a tray of small plates. Each one had a thick slice of Grandma Ruth's special chocolate cake with vanilla icing.

"Wait 'til you taste this," I said to Ki. "My grandma makes good cake!"

The Guerra boys came back to the table with plates of food. They started telling funny stories about their Mexican cousins who had just left. Even David laughed at Tony's imitation of his aunt hold-

ing her nose at his mother's cooking. Albert's story about his uncle locking himself in their bathroom also gave David a reason to smile.

I had never seen David act like a regular kid, smiling and laughing. I guess I never thought he could be like us. Sitting there in Gabe's black T-shirt, David looked like any other kid having fun at a family party.

Ki's parents showed up next. Tina smiled big when she saw Vicky. They took Ki's two little sisters and moved to the table with our girl cousins. Vicky kept looking back at our table. We knew that Tina was telling her everything that had happened today.

Ki's father and mother walked around each table. They shook everybody's hand and said hello. Mr. Pérez bowed and shook David's hand. He smiled and said, "I think I've seen you ride your bike in our neighborhood, young man. So glad to meet you today."

David just nodded, and then swallowed hard. "Yeah," he croaked.

Then Dr. and Mrs. Smitty arrived. She had another box of cookies in her hands. Our priest Father Rollin showed up next. He had baptized all the Silva and Guerra kids. He was also like family to us. He loved to eat at all the baptism parties too.

It got darker and cooler in our backyard. David didn't say much else. But he gobbled down three pieces of cake. He ate it with his fingers in thick, messy bites.

He wiped his mouth with the bottom of his T-shirt. Then he stood up. "Gotta go now. Food was good."

I kept expecting somebody to poke him and tell him, "Say thank you," like my brothers and sister did to me all the time. Only nobody moved.

David gave us a quick look over. When no one spoke, he just turned and walked towards the back gate. He seemed to melt into the darkness. For several long moments after he was gone, we stayed silent.

Until Mike said, "Hey! David's still wearing Gabe's T-shirt!"

Baptism parties were fun, but there was always some work to do after all our friends left. Gabe and Mike helped Grandpa Rudy take down the tables. They stacked them inside the garage. Uncle Tulio and the girls put away the folding chairs.

Dad's job was to gather trash. From paper plates to used tin foil—he put it into the black trash bag in his hand. It was a sloppy job, but tonight I planned to help him. Ever since David had left, an idea had been spinning like a bike wheel inside my head.

I walked over to where Dad stood at the food table. He had dropped the half-full bag and was wadding up the stained paper tablecloth.

I picked up the trash bag. "Can I help you, Dad?"

He smiled down at me. "Sure—hold the bag open, Son."

I used both hands and held them apart so Dad could stuff the paper into the trash bag. I nearly lost my grip, but I didn't. I didn't want to make my father mad by dropping trash everywhere. "I got it, I got it," I whispered, but I hoped he had heard me.

"Follow me over here, Joe." He walked towards a pile of used plates stacked on top of a very full trash can. He lifted what spilled over the top and dropped them into the bag.

I groaned at the extra weight. I grabbed tighter to the edge of a very slippery trash bag. "Uh—Dad—can I ask you something?"

He reached down to the trash can and lifted the full bag out. He pushed the stuff on top down so he could close up the bag. "You want to ask me about that David boy—why I invited him to eat with us?"

"Uh—no," I said, making a gulping sound in my throat. Why David had eaten with us didn't really matter. It was what he told us about his uncle's shop that was important to me. Only how could I say it and not sound greedy?

"Uh, I—mean—sure, Dad. I want to know—why did David eat with us?"

"He got stuck in *our* trash can. Shouldn't I have asked him?" Dad pulled a twist tie out of his shirt pocket. He fastened it around the top of the bag as he spoke. "I've seen the boy in his torn shirt riding an old bike. I bet he doesn't eat regular meals like you do. What does it hurt to share some supper with him?"

"He took home Gabe's T-shirt," I said, without thinking.

"Gabe has plenty of T-shirts. He won't miss it," Dad said.

I wanted to tell him that he was wrong. Gabe liked that T-shirt a lot. Instead I tried to bring the talking back to what I really wanted to ask my father.

"David lives behind a shop that sells stuff," I told my dad. "It's his uncle's shop. David told us they sell bikes over there."

"That good," Dad said, and then he reached down with a second twist tie and wrapped it around the bag I held with shaky hands.

I took a deep breath, and then exploded with my idea. "Could we go look for a bike that's my size? Ki has a brand new bike that's so cool! But I'd be happy with any kind of bike. Even an old one that David's uncle has fixed up."

Dad stood upright. He dropped the bag between us. "You want me to buy you a bike, Joe?"

"Yes—sir." I figured a "sir" couldn't hurt. "Dad, the old bike I have is awful. The tires never hold air, and the seat has no plastic left. I'm almost riding on the pipe."

"We'll see." Dad rubbed my head. Then he lifted up the trash bag again. He grabbed the other bag, and carried them towards the alley trash cans.

I ran ahead to open the gate, holding tight to my hope and my plans.

The next morning was the first one I ever *wanted* David to ride his bike down Ruiz Street. I wanted to ask him more about his uncle's shop. Where was it? Was it far? What kind of bikes did he have to sell right now? Were any *my* size?

I sat on the porch and waited. Ki came over and wanted to play. I told him why I was waiting for David today. Ki was my best friend. He waited with me.

"I hope you get a red bike like mine," he told me.

We sat on the porch all morning and talked about bikes. Ki had to go home for lunch, but said he'd come back. It didn't matter. That day David never rode into the neighborhood.

We didn't see him at the pool the next day either. I felt like there was a balloon inside my stomach, stretching and stretching, just ready to pop.

I just had to talk to David!

Only Ki knew why. I didn't tell my big brothers about my hopes for a bike. I didn't want one of them to steal my idea. Gabe or Mike might ask Dad to get one of them a better bike. I'd get stuck again with somebody's leftovers. I wanted a bike that I got to ride first!

By Wednesday, I finally asked Gabe, "How come we haven't seen David this week?"

We sat on our front porch cracking pecans from a bucket the Guerra boys had found in their mom's

pantry. She said we could have them. We also took her *molcajete* to crack them. It was a gray stone bowl on three little legs. It came with a rock. Like my mom, Mrs. Guerra used the rock to pound spices or smash onions, hot peppers, and tomatoes for salsa. We thought it made a great pecan cracker. But not all the pecans in the Guerra's bucket were good to eat.

"This is a dud," Mike said, tossing a pecan with black insides behind him into the bushes. "I don't even think a squirrel would eat these pecans!"

Tony gave a loud laugh. "Hey, maybe we can leave them out for David to eat."

"Why hasn't David been around?" I asked again. I picked up two pecans. I squeezed them together with my hands, trying to crack them. I saw Gabe and Albert do it so easily. It just made my hands red and sore.

"Ha! He probably already sold Gabe's T-shirt," Mike said. "And if he didn't, he'll just keep it! He'll wear it next time he rides down the street, you watch!"

Gabe's eyebrows came together in a frown. He gave Mike a hard look, but he didn't say anything.

"Well, we still have *his* T-shirt," I said.

Our mom had washed David's dirty shirt with our clothes. It was folded up neatly on the little table by the front door. She even sewed up three small holes.

"Why should David want that T-shirt back? He's got Gabe's now," Mike said.

"Do you think he'll cut the arm holes out?" Ki asked. He grabbed the rock, and smashed it down

on a pecan. The inside looked soft and brown. "Hey, I finally got a good one."

"David better not cut up my T-shirt," Gabe said in a deep voice that made all of us stare at him. "Uncle Tulio bought it for me in California. If David shows up wearing my shirt all torn up, I'll smash him between my hands."

Last night I had said a couple of prayers for a bike. Now it seemed that I needed to pray for Gabe's T-shirt too. How could I want David to show up today, yet at the same time, hope that he didn't show up?

I rubbed my forehead with my fingers. I wanted a bike. And all I had gotten so far was a giant red headache.

Chapter Ten

The Ruiz Street Kids

Arthur showed up after supper and wanted to play baseball. Since the Guerra's cousins were back in Mexico, Gabe got the idea to ask Tina and Vicky to play baseball too.

"Can your sister hit a ball?" I asked Ki as we walked towards Smitty's lot.

We were several steps behind my older brothers and our sisters.

Ki glanced around as if he didn't want anyone to hear his answer. Out of the corner of his mouth, he said, "Oh, yes—we want Vicky on our team. She hits hard."

"Tina has to be on the same side as Vicky," I said. "So I guess we could play with the girls, and the rest could be on the other team."

At Smitty's lot, we all gathered under the big tree to talk about the game.

Gabe raised an eyebrow when I told him how to divide the teams. "You sure you don't want to be on our team, Joe? The girls and Ki could take Arthur instead," he said.

"We'll be fine with just us four," Tina said, and smiled at Vicky like she knew her new best friend could play ball well.

"We'll have each base covered, and I'll pitch," Vicky told the guys.

"You can bat first," Gabe said. He picked up the bat and handed it to Vicky.

I saw my brother give her a little smile. Then Gabe's face turned the color of dark bricks. She giggled softly and took the bat from him.

What was wrong with *them*?

Ki and I looked at each other. He just rolled his eyes. I shook my head.

Albert clapped his hands together. "Let's play ball."

Tony tossed down the extra glove as home plate.

Mike took the spot as pitcher for his team. Albert and Tony covered first and second base. Gabe was at third. Arthur got the outfield between the Guerra boys.

Vicky turned towards us with the bat. "Who wants to go first?"

"I will," Ki said. "Let me and Joe get on base, then you girls hit." He took the bat from Tina and walked up to Tony's old glove, our home base.

Tina stood behind as catcher. Mike pitched a couple of high ones that Tina called "Ball!" On the third pitch, Ki swung right for it. The bat and ball connected solidly, and the baseball flew up towards Albert. He ran up and caught it easily in his glove.

"Ha! One out!" Tony called loudly.

"Sorry," Ki said in a low voice as he handed me the bat. "It popped up."

I gave him a smile. "That's okay, Ki. I don't always get on base either." I took the metal bat into my hands. I rubbed my hands over the narrow spot where I like to hold a bat.

I stood by home plate and gave Mike the meanest stare I could make. I wanted to make him think I wasn't scared to hit a high-flying ball.

Mike let one go, and I swung so hard, I could hear the air whoosh. I missed! And I spun around so fast that I fell down to my knees.

Everyone started laughing, even my own teammates. I got back up, took a deep breath, and let it out. I took my spot, and lifted that bat behind me, ready to swing and knock that dumb ball straight out of Smitty's lot.

Another fast ball came right towards me, and I swung again. The bat tipped the ball, but it was still a hit, even though the ball rolled instead of flew. I dropped the bat and ran like crazy. Mike raced for the ball and picked it up. But he slipped and made a wild throw. Albert ran to get the ball in the grass near the fence. I made it to first base before he could tag me out.

And just as Vicky picked up the bat for Tina, David was pedaling up to Smitty's lot. The bike he rode was green with silver fenders. It didn't look as old as other bikes we had seen him ride. It also had a narrow wire basket right behind the seat.

Vicky wrapped both of her hands around the bat. She gave David a warning look, as if she was telling him, *I got the bat. You better not try anything.*

It seemed like the same old thing for everybody. David stopped the bike. He planted one foot on either side. He didn't smile. He stared at everybody like we might jump him. Tina pulled Ki to stand beside her, just in case. Tony and Albert had started walking and met Mike in the center like a triangle against trouble.

Gabe had already started to move towards the girls.

But I didn't want any trouble with David. I didn't want David to fight somebody, or for the guys to call him names, or for the girls to think of something mean. I wanted to *talk* to him.

So I did what I had to do. I ran towards David like he was my favorite cousin.

I pasted a big smile on my face. "Hi, David, remember me? I'm Joe. Where you been the past few days?"

"Huh?" David's eyes widened at the greeting. He looked at the others quickly then back at me. "What do you want?"

"We haven't seen you since the Baptism party. Where've you been?" I asked him. I stood beside Tina, and felt my big brother, Gabe, standing behind us.

"I been—gone," he said slowly. "—gone to auction. I've been with my uncle at auction."

"What's Auction?" I asked. "Is it a town? I never been there."

David made a "humph" sound and shook his head. "Don't you know what an auction is? Whoever bids the most money gets to the buy stuff. We drive to auctions all over Texas. We got a truckload of stuff near Three Rivers yesterday."

"What kind of stuff did you buy?" I asked him.

By now, Arthur, Tony, Albert, and Mike had gathered around too. Everyone watched me like I had been knocked in the head with the baseball. Even David looked at me with his forehead wrinkled.

"Did your uncle buy any new bikes?" Ki asked for me.

What a friend! He knew what I wanted to ask David.

"Why do you need a bike, Ki?" Vicky asked her little brother. "You just got a brand new one for your birthday." She put her hand on her hip and frowned at him.

Ki jerked a thumb in my direction. "It's not for me, it's for Joe."

Now everyone *really* stared at me. Even David's brown eyes opened wide.

My heart thumped hard and fast inside my chest. I thought it would pop right out and bounce all over Smitty's lot. Gosh, I didn't want my brothers to jump in and tell me I was crazy or tell David to leave. My brothers could ruin my chance to get a bike if I didn't speak up.

So I just squashed down what scared me and said, "David, if we went to your uncle's shop—maybe there would be a bike my size—my dad

could see it—and maybe buy one if it's not too much money."

"Dad's going to buy Joe a bike? That's not fair," Mike said, his voice sounding loud and selfish.

Suddenly David straightened up on the bike. He looked taller somehow. His hands gripped the handlebars tightly. He gave Mike a mean look. I expected David to say something ugly and for a fight to start.

David told him, "All you big guys got bikes, but I never seen your little brother ride one. Why can't he get one for himself? " Then he looked down at me. "Joe, we got some bikes at our store right now. Little ones—for your size. Cheap too."

I didn't even look at Mike. I just smiled at David. "Could you show my dad where the shop is, David?"

"Sure, but—" David leaned his head over to one side. " —little boy, my uncle don't sell *new* stuff."

"In our house, it's new if it belongs to you *first*," Tina said. She put her hand on my shoulder and squeezed it. "And poor Joe gets everybody's left-overs and hand-me-downs. Doesn't he, Mike?"

Mike just stuck his tongue out at Tina and me.

Nobody said anything for a long time. All you could hear were throats clearing or feet shuffling in the soft grass of Smitty's lot.

"How come you got red hair?" Arthur asked in his usual nosy way.

We all held our breath, wondering if Arthur's stupid question would make David mad. Arthur

just stood there with his arms crossed, and said, "Well?"

David relaxed onto the seat of his bike. He looked Arthur over and said, "How come you got yellow porcupine hair?"

Everybody started laughing. Arthur's white face turned pink. His freckles practically disappeared. He put his hands on his head and tried to smash down the pointy ends from his very short haircut. "Leave me alone! Stop laughing, you guys!"

David smiled. I think he was glad to say something that made us laugh.

Ki spoke up. "Do you have any nicknames because of your hair?"

"Naw, everybody calls me David," he said. "It was my grandpa's name." He looked around, scratching his reddish-brown hair. Suddenly his matching eyebrows lifted up. "Oh, yeah, I got your shirt." He turned and reached behind him. "My granny washed it clean. You can wear it now." He pulled the folded T-shirt from the little basket and handed it to Gabe.

Gabe smiled as he held his favorite T-shirt again. "We got your shirt too, David. My mom washed it. It's at our house. You know where we live, right? Come get it later."

David nodded. Then he looked again into everyone's faces as we stared at him openly. We had never stood so close without yelling words or throwing fists.

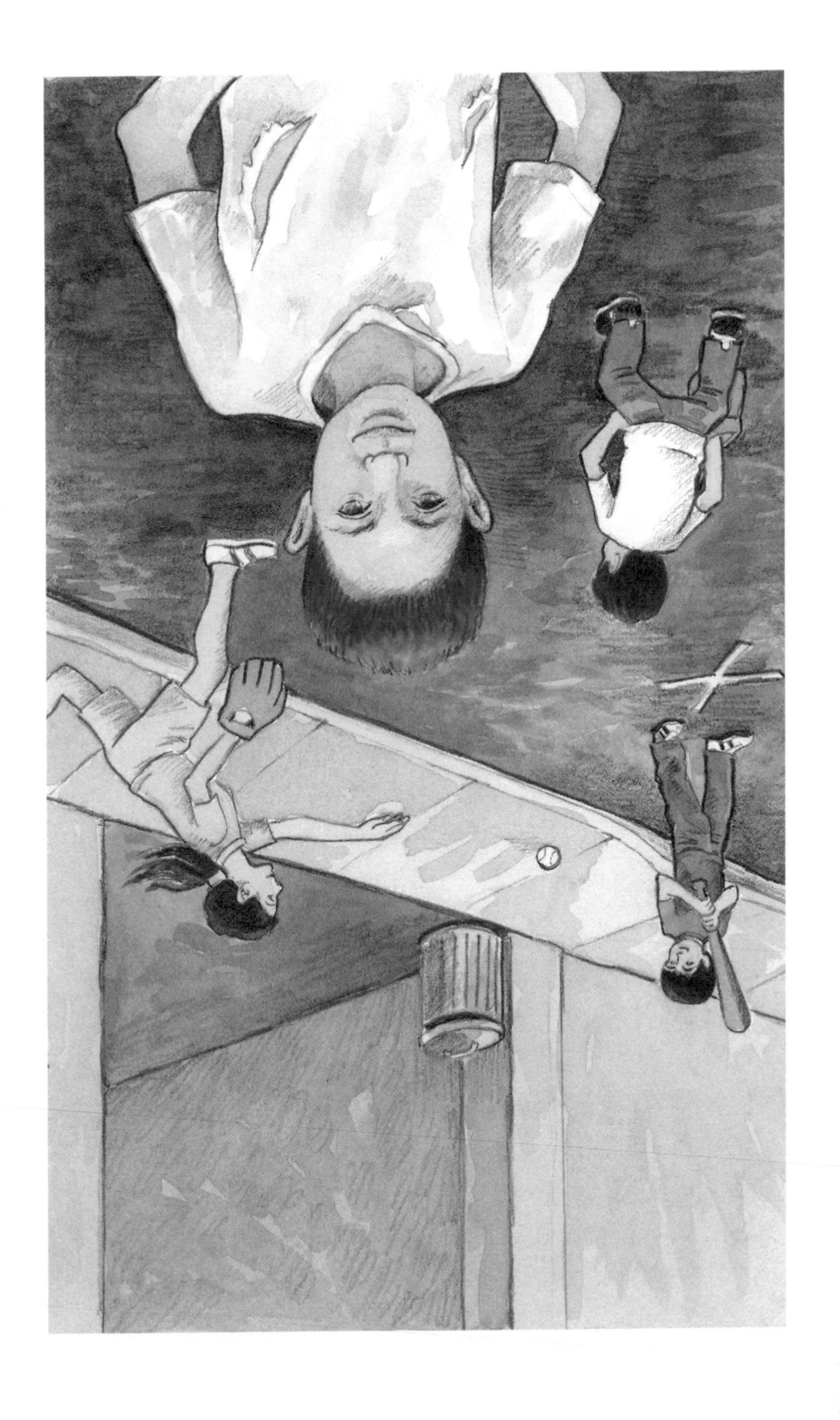

It was Tina who took the bat from Vicky's hands. She turned towards David and said, "We have uneven teams, David. Do you want to play ball?"

Now it was my sister's turn to get all the stares that meant, *Are you crazy?*

"I want to bat first," David said. His voice growled with a mean tone.

Tina stood up straight, her shoulders back. "No, it's *my* turn to bat. Then comes Vicky, and then you, okay?"

Maybe it was because Tina was a girl, or because David had seen Gabe, the bulldog, up close. Maybe David guessed the odds were in our favor if a fight broke out, or maybe he wanted to play baseball with us even if he had to bat last—whatever, David didn't argue with Tina. He just let his bike drop and said, "Okay." Then he pointed down at the old glove, our home plate. "Can I use that glove when I'm in the field?"

Tina gave David a funny grin. "I wouldn't use that glove if I were you, David."

Tony said loudly, "It's *my* glove."

"Yeah, it's a glove you don't use because the cat peed in it!" Mike said.

Tony replied, "The cat didn't pee in it. I just said that to freak out Arthur, that's all."

"Hey!" Arthur's fat hands reached out for Tony's skinny neck.

Tony gave a burst of laughter and jumped out of the way. He ran back toward the outfield with Arthur chasing him.

Albert said, "If David uses that glove, we won't have a home base."

"Then David can use *my* glove," Gabe told everybody. He nodded towards the new boy who wanted to play ball with us. "It looks like our hands are about the same size."

"I'm still on first base," I said in a happy voice. "Come on, Tina. Hit a good one and bring me home!"

Acknowledgements

This novel is a work of fiction. The characters are children we have all known as family, friends, and mysterious strangers.

A few weeks after I began this novel, I reluctantly said good-bye to friends, Joe Escobedo and Sister Christine Catron. They became my guardian angels as I developed the story. Various drafts were patiently read by members of my Crossroads writing group and by my students at St. Mary's University. For me, it takes a village to revise a novel, so I am forever grateful for their criticism or their kindness when I needed it most.

Nicolás Kanellos and the Arte Público Press staff accepted the story with open arms, and helped me bring the manuscript into book form. I appreciate Kanellos' editorial support through the years. At the press, Marina Tristán is my anchor, but she is also one of my best friends. We have learned much from each other through the years. Editor Gabriela Baeza Ventura took on the translator's job to provide Spanish readers an opportunity to enjoy the adventures of the Ruiz Street kids. I am honored by and grateful for her bilingual gifts.

Coming from a large, friendly family inspires me to create positive role models in my books. I thank my parents, Gilbert and Consuelo, for their patience and their love. Together with my siblings, Gilbert, Mike, Chris, Joe, Frank, and Vincent, they help me

appreciate the many ways that "family" is an active verb. New relatives we have gained through our marriages continue to bring faith, hope, and love to all our endeavors.

My children, Nick and Suzanne, make me proud as they undertake the college journey; however, I miss the fact I can't walk down the hall anymore and ask them for help on a manuscript. And my loving husband, Nick, continues to make me laugh. He will always be my hero.

***

Audrey, Ben, Ernest, Gus, and Nance, I miss you.

Also by Diane Gonzales Betrand

Alicia's Treasure

Close to the Heart

The Empanadas that Abuela Made /
Las empanadas que hacía la abuela

El dilema de Trino

Family, Familia

The Last Doll / La última muñeca

Lessons of the Game

El momento de Trino

Sip, Slurp, Soup, Soup / Caldo, caldo, caldo

Sweet Fifteeen

Trino's Choice

Trino's Time

Uncle Chente's Picnic / El picnic de Tío Chente

Upside Down & Backwards / De cabeza y al revés